あわいに開かれて

小野正嗣

毎日新聞出版

あわいに開かれて　目次

あわいに開かれて

日の出

あらゆるものの輪郭がおぼろになっていく、とベス姉がため息まじりにつぶやき、彼女に背負われていたベスが賛同するように、くううんと鼻を鳴らした。

ベス姉は十年近く前に亡くなった。だからベスという飼い犬の雑種犬が亡くなったのはもっとはるか昔のことになる。下手をすると五十年以上も前かもしれない。

ベスは、エリザベスの略称である。ベスはオスだったけれど……。

年を取り腰を悪くしたベスが、軽トラだか自転車だかにはねられ、うしろ脚が完全に麻痺《まひ》して歩けなくなると、ベス姉はどこに行くにもベスを背負うようになった。それで老犬を背負った女性は、いつからか集落の人たちにベス姉と呼ばれるようになった。

僕が子供のころには彼女はすでにベス姉だった。けれどすでにベスなしのベス姉だった。つまりベスは背負っていなかったのである。

どうしてベス姉などと外国人風の名前で呼ばれるのかと、僕が母に一度も尋ねなかったのは、おそらく周囲にマック姉とかトニーと呼ばれる人がいたからにちがいない。マック姉は、マックという名の、酔っ払いに対しては容赦なく吠《ほ》える小さな雑種犬を飼っていたためにそう呼ばれていたのだが、僕の母と親しかった彼女が背負っていたのは、マックではなくて仕事のあいだ母が預けるおしっこくさい幼い僕だった。

トニーが「トニー」ではなく、実は「トウ兄」だと知ったのは、彼が亡くなったときである。

年の暮れだったか初めだったか、とにかくひどく寒い冬にトニーがソ連の沿岸警備隊に拿捕《だほ》されたことがあった。「全国ニュースに出たことがあるのは、ここらじゃ俺だけ」とトニーが得意げに言っていたのを覚えている。

当時はまだ冷戦の時代だった。あんなアメリカ風の名前をしているものだから、きっとソ連に捕まってしまったのだと子供心に納得したこともはっきり覚えている。

ところがトニーの訃報を電話で知らせてくれた母にそんな思い出話をすると、ひどく驚かれた。いったいなんの話をしているのかと。

トウ兄（しかし、僕には相変わらず「トニー」としか聞こえなかった）が漁師？　拿捕された？

母によれば、トニーは土地の多くの男たちと一緒に出稼ぎに出かけ、高速道路のトンネル工事の現場でながらく働いていたという。

そう言われて記憶をたどってみると、たしかに盆と正月以外でトニーを目にしたことはない気がする……。

僕は正月に子供たちを二人、十一歳の娘と七歳の息子を連れて帰省した。もちろんトニーにも数年前に他界したマック姉にも会わなかった。

帰省した翌日は、気持ちのよい冬晴れだったので、子供と兄の墓参りに行った。「ただいま」と墓石に語りかけた。僕には何も聞こえなかったが、墓地から戻った娘と息子に、きっとおじちゃんは喜んだだろう、と母が話しかけると、「おかえりー、って言われたよ」と娘は答えて弟を見た。息子は目を輝かせて、おじちゃんは星になったんだよ、と言った。

兄の墓参りにはついて来て父親を喜ばせてくれた二人は、しかし日の出を見に行こうという父の申し出は断った。

「むりー」と言下に却下した娘とちがい、息子のほうは行く気まんまんだったのだが、いざ起こそうとすると、深い眠りから目覚める気配はなく、そこで僕はまだ暗いなか、集落の背をなす山の上の公園に車で向かったのだ。

そこからは太平洋を遠望できた。水平線から昇る太陽を拝めるだろう。

でも、なんだかおかしいと気づいてはいたのだ。道すがら車に一台もすれ違わなかったし、健康のために小一時間かけて公園まで徒歩で登っていく人たちも追い越さなかった。公園の駐車場は空っぽだった。

懐中電灯は持参していなかった。周囲を包む闇が濃い紫色に変わるのを待って車から出た。

海を眺めようと柵に近づいた。手前には小さな過疎の集落の頼りなげな、しかし人間の生活をたしかに感じさせる明かりが点々と見えた。

そのとき声がして、犬が鼻を鳴らす音が聞こえたのだ。

横を見ると頭があった。

しかし周囲に立ちこめた紫はそれ以上薄まる気配はなく、実はその頭がベス姉のものなのかベスのものなのかわからなかった。

はっはっはっ。途切れることのない喘《あえ》ぎ声が、静寂と闇を小刻みにちぎり、その裂け目を通してだらりと垂れ下がった舌が見えた。それは日の出に染まった空の色をしていた。あるいは水平線の彼方に沈んでいく太陽があとに残していく色のようでもあった。

その舌は冷たくなった若者の頬を、鼻を、唇をいとおしそうにいつまでも舐《な》めつづけたという。

やんちゃな子犬にベスという名を与えたのは、まだベス姉と呼ばれていなかった、決して若くはない女のたったひとりしかない息子だった。

女には夫がいなかった。誰がその子の父親なのか集落の誰もが知らないふりをした。仕事があるから犬の世話なんてできないと怒る母に、ぼくひとりでちゃんと面倒をみるからと約束してもらってきた子犬だった。

そして息子は彼なりに最善を尽くして約束を守ろうとしたが、病のために愛犬よりも先に遠い空の彼方へ旅立つことになった。

息子を失い、老犬を背負いはじめた女が正気も失ったなどと集落の誰ひとりとして思っても言わなかった。

僕は心のなかでくり返す。

あらゆるものの輪郭がおぼろになっていく。

でも、と思う。

母と息子とベスを結び、そのあいだを行き来する愛が揺るぎなければそれでも構わない。

水平線を探す。遠くには闇が広がるばかりだ。海と別れようとはしない空には無数の星がまたたいている。日の出の気配はまだない。でも、あともう少しこのままでいたい。

黒い羽根のある沈黙

カラスたちが舞う。荒れ狂う大波のような風が次々と襲ってくる。飲み込まれまい、溺れまいとあがくことが飛ぶことの同義となる。

だから、カラスたちはみずからの意志で飛んでいるのではなく、風に弄《もてあそ》ばれているようにしか見えない。実際、翼が打たれることはない。ただ広げられている。一羽一羽がバラバラにされた黒い読点になって空間に散りまかれる。

そのようにして風は何かを綴《つづ》ろうとしている。むろん読点だけでは決して文章を作ることはできない。かといって風は沈黙に甘んじることもできない。

なぜなら風は風である以上、しかも強風である以上、聞く者が耳を塞ぎたくなる音を生み続けなければならないからだ。

だから、もしもカラスたちが読点であるなら、風がその読点を使って表現しているのは、吹き荒れる風に耳を聾《ろう》される人々のあいだに広がる沈黙なのかもしれない。

風が咆哮《ほうこう》や唸《うな》りを響かせながら、カラスたちを「、」の群れに変えて、空にまき散らしているとしたら、それは知っているからではないか。心のうちを大きな不安や恐怖に押しひしがれて人々が押し黙るとき、その沈黙はとても「……」といった表現や無音そのものを示すような空白の行には収まりきらないということを……。

日はすでにとっぷり暮れており、誰もが鎧戸《よろいど》を閉めた家のなかで強風の軍団が立ち去るのを待つことしかできない。

世界は途切れ途切れの月明かりに照らされている。雲の動きがあまりに速い。月に触れたかと思いきや、すでにもう彼方へ運び去られる。その光の途切れぬ夜の空全体を攪拌《かくはん》するように読点が舞い続ける。カラスたちが激しい風になすすべもなく翻弄《ほんろう》されている。

あなたがそう言うのを聞いて、僕は思わず訊《き》き返す。

どうしてそんなことが、空の様子がわかるのですか。だって一晩中、家のなかに閉じこもっていたんですよね？　夜空は見てないですよね？

その通り、その通りです、とあなたは答える。もちろん、わたしが見たわけではありません。

僕はあなたの顔をまじまじと見つめる。僕がカラスだったら、一声「カア？」と発したいくらいだ。

でもカラスが舞っているのを見たんですよね？

ちがいます。

ちがう（「カア、」）？

舞っていたのではありません、とあなたはやんわり訂正する。舞わされていたのです。飛んでいたのではなくて、風に飛ばされていたのです。

あなたは顔の前に右手を上げると、指の先で大きな円を二度ほど描く。

カラスたちはそんなふうに舞っていた……じゃなくて、舞わされていたと？

その通りです、とあなたは言う。舞わされておりました。そう思います。

思います（「カア、」）？

心のなかで僕は一声を発する。

当然、とあなたは続ける。あの強風の夜、カラスたちと同様に木の葉もまたくるくる舞っていたかどうかわたしには知るよしもありません。

舞わされていた、と心のなかで訂正しながら僕は言う。

じゃあ見てないんですね。まるで見てきたかのような口ぶりだったから……。

その通りです、とあなたは僕の言葉を否定しない。見てはいません。

あなたはじっと僕を見る。見る必要などありません、なぜならわたしが体験したことだからです、などとあなたが言い出しやしないかと、僕は身構える。

しかし、あなたのくちばし、ではなく、口が開き、発せられるのは、「カア」という音ではない。

わたしが見たのは別のものです。

翌朝、あなたはふだんより早く目が覚める。強風の軍団はあとに巨大な静寂を残して立ち去ったあとだ。小鳥のさえずりも含まないその静けさが意識の表面をついばむ。

強風によってあらゆる夾雑物《きょうざつぶつ》を運び去られたかのように澄み渡った大気はまばゆい光に満ちている。

地面には無数の木の葉や小枝が散らばっている。

茶色に変化している葉が思いのほか多い。恐怖と緊張で一晩のうちに髪が真っ白になることがあるのなら、嵐にさらされた木々が一晩のうちに季節を突き抜け、茶色になることもあるのかもしれない。そうあなたは考える。

しかし、あなたを驚かせたのは、そのような木の葉でもなければ、そこに混じって地面の上に彩りを添える朱色の木の実や薄紫の花弁（なんの花……？）でもない。

黒い読点。読点が円を描くように散らばっているのだ。

カラスの羽根、羽根、羽根。

地面が黒く覆われていることからしてもかなりの量だ。しかし、どれほど続こうが重ねられようが、読点が生み出すのは、いかなる文にもならない、あるいはあらゆる意味を包含する沈黙だ。

（カア、カア、カア、カア、）

沈黙のなかに、存在しない鳴き声がかすかに反響する。

いったい何が起きたのか。

黒い読点の群れは、息継ぎの位置や意味の区切りを与えるべきものを失った代わりか、真ん中に何かを抱いている。

骨格のようなもの……。

それがアンテナだと気づいた瞬間、それでも見てはならないものを目にしたかのように、あなたは目を逸《そ》らす。

きのうの強風に吹き飛ばされて、どこかの家の屋根から落ちたんでしょうね、とあなたは言って黙り込む。

（、、、）

まわりにあれだけの羽根が飛び散っていたのだから、きっと……とあなたはさらに言葉を続けようとするものだから、僕は遮らなければならない。

黒い羽根だけですよね。赤色が混じっているとしても、それは潰された木の実の赤なんですよね？

壁と壁

壁に近づくと危ないとはささやかれていたけれど、理由については聞かされていなかった。

太陽は天頂に達し、研ぎ澄まされた鋭い光が、古いセメントブロックの壁の表面に広がった、誰かの（でも誰の？）とりとめのない悪意のような黒いしみを削り取ろうとしていた。

しかし、はらはらと舞い落ちているのは、黒ずんだ剝片《はくへん》ではなく透明な光のかけらだった。それらに触れられるたびに壁の前に生えた草の葉の輪郭はかすかな銀色に震え、壁の前には途切れ途切れの緑の沈黙が広がっていた。

あれ、と思った。壁そのものの高さは二メートルくらいだろうか。光を浴びているにもかかわらず、影が見当たらない。

そんなはずがない。さらに目を細めて壁の下を探すと、それは不自然に思えるほど短いものだった。さっきから胸の奥にざわついていた違和感の原因はそこにあったのだろうか。

跳び越えることのできないのならば、下に穴を掘ればよいと決意したかのように、影は壁の下に潜り込もうとしていた。

ふと足元を見ると、やはりそこでも影は脱走しようとしていた。

それはもはや人の姿をとどめない、そしてどこか汚らしい黒いしみでしかなかった。頭は胴体にめり込み、あるいは胴体をのみ込んでいた。それでいて、とりたてて濃縮されたような深みは帯びていない。

怖くなった。影に人間らしい姿を取り戻せないものかと、両腕を広げて、上下に動かしてみた。

ところが巣穴なのか逃げ道なのか、穴をせっせと掘削中の黒い獣がうしろ脚を動かして、土をせっせっと蹴り出しているようにしか見えない。

もはや自分の影とは思えなかった。それは僕のなかにある何か（でも何？）なのかもしれない。

でも、どうして逃げようとするのだろうか。

獣はさらに脚を激しく動かした。

尻尾《しっぽ》らしきものがぶるぶる震えたかと思うと、影は地面に完全に潜り込み、足元から消えた。

いや消えたわけではなかった。

自由を手に入れて（あるいは取り戻して？）、海中を遊泳する濃密な魚影さながら地面の下をゆっくりと進んでいく黒い塊を僕は追いかけなければならなかった。

踏みしだかれるまばらに生えた草のあいだの地面はけっして透明になったわけではないのに、その下を影が、獣が移動するのが見えるのはどういうわけか。

小さな獣は、前の壁の下でひしめく影たちに合流しようとしていた。

その壁が地中にどのくらい深くまで突き刺さっているのかは知らない。

しかし黒い獣たちの群れは、もはや穴を掘って壁の下にトンネルを貫通させるのでは埒《らち》が明かない、細いトンネルでは全員は通りきれない、とても間に合わない、と焦り、壁をその基底部から破壊し、倒そうとしていた。

間に合わない？

激しくもみあう獣たちの蝟集《いしゅう》にいちばんあとから飛び込んでいった小さな

獣が逃れようとしていたのは、だから僕からではないのかもしれない。

間に合わない？

小さな獣がそうしたように（少なくとも僕にはそう思われた）、僕はうしろを振り返った。

あっ。

嘘だろう……と思った。

背後にも壁があった。

そしてその壁はたしかにどこかしら異様だった。場違いとでも言うべきか。おそらく高さは同じく二メートルほどだろう。しかし幅は三メートルほどしかない。しかも何のためにあるのかわからない。というのも、そのような戸惑いをもたらすことだけが役割だと言わんばかりに、その壁は何かを隠すでも守るでもなく（少なくとも僕にはそう思われた）、野原にぽつんと建っていたからだ。

野原自体はずいぶんと広いようだった。そのことにいままで気づいていなかったこと自体が異様だけれど、それをわからせてくれるのが壁の存在理由なのか？

降りそそぐ光が強すぎるせいか、底が透けて見えるような空は、明るいのか暗いのか判別しがたかった。そこには、いまや僕の背後に位置することになった壁、あの一枚目の壁の下でうごめく獣たちと同じ血族に連なる何かが身をひそめていた。雲ひとつ見当たらない広大な空というこの目に見える現実の裏面に耳を、頰をぴったりと添えて、息をひそめて待っていた。

その何かは、おそらくは無とか死といったものに限りなく近いけれど、同時に充溢《じゅういつ》や生といったものを決して否定してはいなかった。それ自体としては冷たくもなければ温かくもないものだった。

もちろん、そんなものをいつまでも直視できるはずもない視線は、逃げだそうとする。

しかし壁が立ちはだかる。

それでよかったのだろう。

壁に妨げられなければ、臆病な視線は瞬時に僕のことなど忘れて、あの空と陸が親密にたがいをこすりあわせる隙間《すきま》を求めてすでに駆け出していたことだろうから。

そのあるかなきかの空隙《くうげき》には、視線を慰めてくれるものなど何もないはずなのに、視線がそこに身を滑り込ませたいと願うのは、そこがそれぞれに何か黒いものを秘めた空でも大地でもないからだろうか。

間に合わない？

壁に近づくと危ない、とささやかれたけれど、壁は二枚ある。どちらの壁のことだったのか。危ない、とはどんな意味だったのか。どうしてささやき声だったのか？

視線がぐいっと壁を押す。

ずどどおん。

背後で耳を聾する大きな音が、何かが崩れ落ちる音がする。

雪の上に

雪の上に落ちていたのは？

思い出そうとするが、絵で見た光景だったのか、あるいは小説の一場面だったのか、雪に道を見失ったかのように記憶は身動きがとれなくなっていた。

あれはどこだったのか。

かりに絵のなかでのことだとしても、画家が小説の心惹《ひ》かれた一場面から着想を得て描いたということも考えられる。実際の風景をそのまま描くのではなくて、自分の撮った写真や雑誌などから切り抜いた写真をもとに、過去の絵画の記憶や実際の風景などを重ねあわせながら絵を描く画家もいる。そこに読書の記憶まで混じり込む。雪景色がどこにあるのか特定するのはさらに困難になる。

では、僕の記憶にあるのが小説のなかで記述された風景だとしたら？　その可能性もまた戸惑いをもたらす。小説家は語り手か登場人物の口を通して雪景色を描写する。しかし虚構の世界の話なのだ。そもそもその風景自体が言葉でしか存在しないということにならないか。さらに、作家が現存する絵画作品から着想を得て、その風景を思い描いていたとしたら？

虚構と現実のあわいをさまよい続けていれば、探していた景色にいつか出会えるのだろうか。

茫漠《ぼうばく》と広がる雪野原が記憶の表面を覆い尽くす。陽光をキラキラと反射させてまぶしいその白銀の広がりの向こうからまったく別の記憶が近づいてくる。

あれは大晦日《おおみそか》だった。僕は当時、フランスの地方都市に暮らす夫妻の家に居候していた。

その家では、詩人である夫が若いころから師と仰いで長年そのセミナーを受講していた哲学者とその妻を自宅に招き、晩餐《ばんさん》を囲んで年越しするのが慣例になっていた。詩人と妻はいつもその席に僕も加えてくれた。

居間の椅子やソファに全員が身を落ち着け、食前酒を飲みながら談笑する。テレビが点《つ》いているのは、ニュースの冒頭で大統領の国民への年末の挨拶が放映されるからだ。

背もたれの大きな古い肘掛け椅子に深く座った国際的にも著名な老哲学者が、

画面の国家元首に向かって揶揄《やゆ》や罵《ののし》りの言葉を浴びせかける姿に一瞬驚く。しかし哲学者が操り人形の両腕のごとく左右の眉毛を劇的に上下させながら周囲に向ける滑稽《こっけい》な表情につられて、僕も笑いの輪に加わっていた。

哲学者夫妻は詩人の家から車で一時間くらいの大きな森に家を持っていた。そこを出て、いつもなら大晦日の午後遅くに彼らは到着する。

その日、詩人の家では午前中から妻の指揮のもと晩餐に出される料理の下ごしらえが始まる。

メモを渡され、詩人と僕は必要な食材の買い出しに出かけた。

灰色の雲が空を覆っていた。かなり寒かったけれど、詩人はいつものように手袋をしていなかった。

彼がジャンパーのポケットに手を突っ込むのは、駅からまっすぐに延びる大通りの決まった位置にいるアジア系の老女に渡す小銭を探すときだけだ。彼女もまた詩人に気づくと、ぼさぼさの白髪を揺らしながら、彼女を無視する通行人を見送る無表情な顔つきが嘘のように、顔の真ん中に前歯のない無防備な笑いを見せて近づいてくる。ちょうどそのとき雪がひらひらと舞い始めたのだったか。

ぎっしりと中身の詰まった買い物袋を両手にぶら下げて僕たちが帰宅するとき

には空は低いままだったが、雪は降っていなかったと思う。

たぶんそのときだ。詩人は敬愛する作家のことを語った。その作家は若いときには小説と詩がそれなりに評価されていたが、次第に精神に不調をきたすようになり、五十を過ぎたころ療養施設にみずから入所した。彼はふだんから身だしなみに気を遣い、日課の散歩に出かけるときには正装して帽子をかぶりステッキを握った。

そして冬のある日の朝、そのような姿のまま純白の雪野原のなかに倒れているのが発見される。雲ひとつない冬晴れの空を見上げようとして、そのまま倒れてしまったかのように仰向《あおむ》けだったという。実際、上空には彼の心を強く惹きつけるものがあったのかもしれない。何かが舞い上がり、空の底に落ちていく。散歩に誘われたときのような気安さで彼の魂もついて行く。

買い物から帰ったあとはずっと料理の準備と部屋の掃除だった。しかし午後五時になっても六時になっても呼鈴は鳴らなかった。

外を眺めようとすると窓ガラスの表面に、暖炉の上のランプの放つ暗いオレンジ色の光に照らされた薄暗い室内とともに、空から勢いを増して落ちてくる雪を見つめている僕の姿が映っている。

哲学者は八十を超えていた。彼がいまだに運転することを詩人は心配していた。その上、雪が降っている。

事故など起こしていなければいいんだが……。ここに来るには国道を使うしかない。探しに行こう。途中ですれ違うかもしれない。

数分後、僕は助手席に乗っていた。

街から遠ざかるにつれて対向車の数は明らかに少なくなっていった。道の両側の闇の底には見えなかったけれど雪野原が広がっていただろう。大きなカーブに差しかかるたびに、ヘッドライトの照らす雪の上に横転した車を探していた。

途中、詩人は小さな村の広場近くに車を停《と》めた。妻に電話してみると、打ち捨てられたような古い電話ボックスに入る。受話器を耳に当てて緊張した面持ちの向こうに、広場の中央に設置された小さなステージが見える。新年を祝う言葉をかたどる電飾が点灯しているが、いくつかの電球はすでに切れている。

そのとき広場に雪が降っていたのかどうか、その後、哲学者夫妻は無事に到着し、大統領の挨拶はネタにできなくとも例年どおり冗談を言いあい、楽しい年越しになったのかどうか、思い出せない。

詩人夫妻はいまも息災だが、哲学者が妻のあとを追うように病没したことを帰国して数年後に知らされた。

記憶よ、きみはよく道の半ばで姿をくらますが、ときに思いも寄らぬものを連れてくる。

雪の上には何が落ちていたのだろう?

つぼみ

島に暮らす作家に会いに行った。

飛行機で同じ列の席には、そろってふくよかというか、体格のよい女性が二人いた。仲がよいようでずっと喋《しゃべ》っていた。

これが日本語だと話の内容がわかるから、うるさいなあと思うだけだったかもしれない。フランス語のようだったが、耳にしたことのない音楽的な抑揚で、内容を理解するというより、呼応しあい、混じりあい、ときに笑いで爆発する声の流れに耳を傾けて、というか、体そのものが傾いていたようで、となりの中年の女性の肉づきのよい肩に僕の肩も触れており、そこから間歇《かんけつ》的に小さな揺れが伝わってきた。

美しい色の羽を持つ小鳥たちが目をくりくりさせ、弾むような鳴き声を上げながら、森の奥のきれいな川で、太陽の光を浴びてキラキラ輝く水滴を飛び散らして水浴びをしている光景を僕は見つめていた。つまり女性たちの話し声に包まれて、ほとんど眠りに落ちていた。

目が覚めたときにも、二人の言葉が奏でる音楽のなかに僕はいた。

ずっと喋ってたんですか。

そう尋ねそうになった。ずいぶん寝た、という実感があったし、前の座席の背についたモニターを見ると着陸まであと一時間ほどだったから、少なくとも四時間はぐっすり寝ていたことになる。

その島を最初に訪れたのは、十五年前だった。その当時、僕はフランスに暮らしていた。留学していた大学の教授でもあった詩人と親しくなり、彼と妻が暮らす家に居候していた。大きな中庭には、二人がそこに引っ越してきたときに植えたというマグノリアの木が一本あって、春になるとピンクがかった白っぽい花を美しく咲かせた。

しかし僕が島への旅に出たときには、復活祭のころだったと思うのだけれど、花は咲いておらず、まだつぼみだった。寒い冬だったので開花が遅れていたのかもしれない。それらつぼみは少し離れたところからだと、木の枝の先端にたたずむ小さな妖精のように見えた。朝日を浴びて地面からゆらゆらと立ちのぼる水蒸気のカーテンの向こうからこちらを観察していた。

どうしてそんなことをはっきり思い出せるの、と声がした。

驚いて横を見たが、女性たちの途切れることのない会話のなかに、たまたまその表現が出てきただけのようだった。いまはなんの話題なのだろう。それにしても恐るべきスタミナ。離陸してから僕が寝ていたあいだもずっと話し続けていたにちがいない。でも、どうしてそんなことを、つまり前回の島への旅に出かけたころ、庭のマグノリアが咲いていなかったことを覚えているのか。

ちょうど出発の前日だか前々日だかの夕方、どうしても読みたい本があって行きつけの本屋に行った。まさに数日後、そして十五年後に再度、飛行機に乗って会いに行くことになる、島在住の作家の新刊が出たばかりだったのだ。たしか、老婆となった主人公が奴隷だったころに経験した不思議な体験を、持つことのできなかった子供や孫に語る代わりに、ノートに書きつけるという小説だった。

しかし、もう理由は思い出せないのだけれど、書店は通常より早く店じまいしていた。シャッターは下ろされ、店内の明かりは消えていた。来る途中、厚手のコートを着て、白のニット帽をかぶり、丸眼鏡をかけた女性を見かけて、もしや、と思ったのだが、案の定あれは店主のマリーだったようだ。

ショーウインドーを覗《のぞ》き込んだ。僕の白い吐息が邪魔だった。暗いガラスのなか、背後に人影が突然現われて、ぎょっとした。

振り返ると高齢の女性が立っていた。くしゃくしゃの短い白髪は、口から漏れる吐息と同じ色をしていた。寒くもないのかコートは着ておらず、厚手のシャツの上にワイン色のベストを着て、スラックスを穿《は》いていた。黒い靴はずいぶん汚れていた。

こんばんは、と声をかけたものの、それには答えず、彼女は僕の横に来ると前かがみになって中を覗いた。

ほら、あそこ、と彼女が言った。あれ、わたしの書いた本。

僕も体をかがめて、ガラス窓の向こうに並べられた本のどれがそれなのか見つけようとしたものの、同じ姿勢で並び、同じように白い吐息を吐いている女性と僕が邪魔をしていた。

ふたつの吐息がかすかに混じりあっているのに気づいて、僕は思わず身を引いた。彼女の目が涙でうるみ、鼻からしずくが垂れそうになっていることにも気づいてしまっていた。寒さのせいだけだとは思えなかった。

もう行かなきゃ、と言って、僕は女性を残してその場を去った。幾度か振り返った。女性はずっと同じ姿勢のまま書店の前にいた。街灯の下、彼女の白い吐息が揺れていた。それは暗いガラスの上に何か文字を書きつけようとしては、そうじゃない、とすぐさま消し去っていた。

がくんと体が揺れて、飛行機に連れ戻された。歓声と笑い声が上がり、拍手まで聞こえた。十五年前もそうだった。南の島を訪れる期待感もあってか、乗客たちのこのノリのよさ。

横の二人のおばちゃんたちも（失礼！）手を叩きながら、はしゃぐ子供のように満面の笑みを浮かべている。その空気に気がゆるみ、つい口がすべる。

ほんとよく喋っていましたね。

歌うような声が答える。

もちろんよ。喋ってなかったら飛行機が落ちちゃうじゃない？　ねえ？

二人は顔を見合わせて、また大声で笑う。

着陸した飛行機が滑走路を進むあいだ、耳にした言葉の真意を考えようとしたものの、意味らしきものは白い吐息のようにつかみどころなく、しかし心地よい余韻だけを残して、どこかに消えてなくなった。

襞

ずいぶん早く目が醒《さ》める。小鳥のさえずりやときどき道を行き交うバイクや車のエンジン音、どこかから大声で呼びかけたり笑ったりする声が聞こえてきて、さすがに南国の島の朝は早い、と、島にやって来たことの喜びが実感されて、ベッドのなかから窓のほうを見やるのだが、カーテンの裏側が……と書いたところでふと思った。

カーテンは表から、すなわち外の通りから見えるほうが裏側なのだろうか。外からの光と同時に、他者の視線を遮るものであるカーテンが、部屋の外から鑑賞されるために存在するものだとは思えない。しかし室内にいて、カーテンを襞《ひだ》の重なりあう休眠状態から起こすときには、こちらは逆に眠りにつくために目を閉じるのだから、原理的にカーテンの模様やカラーを楽しむことはできない。

遮蔽《しゃへい》するためであれ、鑑賞されるためであれ、カーテンがまなざしを受けとめるために存在するのなら、まなざしに積極的に差し出される側が表で、そうでない側が裏なのか。

カーテンとまなざしの関係は一筋縄ではいかない。

いずれにしても、カーテンの裏側（とりあえず室内の側を表としておく）が、押し寄せる光の圧を感じている気配はなく、ベッドから起き上がり、窓辺まで行くと、海のにおい、いや海そのものよりも海のすぐそばの場所に特有のにおいがかすかに漂ってくる気がする。

カーテンを引くと、しかし窓の外には予想していたような風景はなかった。

窓から一メートルも離れていないところには壁があるだけだった。となりの建物の側面だろう。薄暗くて、白なのかクリーム色なのか、あるいは薄緑なのか判然としないが、表面は細かいしわのような模様で覆われている。年寄りの皮膚みたい。

すでに亡くなった二人の祖母の手の、対照的な感触を思い出した。

痩せ気味の父方の祖母の手は少し皮膚が余っている感じで、さわるとやわらかく滑らかだった。手首の上にぽこりと小さな木の瘤《こぶ》のような突起があった。指はほっそりとして長かった。その指が使いこまれたがま口を開いて紙幣を取り出し、やはりいまは亡き兄に渡される。足が悪いので、車でしか行けないところにあるスーパーでの買い物を頼むのだ。彼女はいつも台所の丸椅子に座り、少し前かがみだった。だから気づかなかったけれど、あの指の長さ、手の大きさからすると、あの世代の女性にしてはわりと背の大きなほうだったにちがいない。

一方、母方の祖母は体も手も小さかった。誰からも頼まれもしないのに、地域の墓地や道路の掃除をしていた。枯れ葉を思わせる地味な色の服を着て、小さな背中を丸め、路傍にしゃがんで草を抜く姿は、地面に落ちたピーナッツを拾って食べる大きめの猿を思わせた。小さな手を握りしめると、爪の先が土と草の汁で変色した指は乾燥し、ひどくざらざらしていた。

その指先の皮膚を覆う不規則なさざ波のような凹凸が、夜と朝の境目にある目の前の壁にうっすらと浮かびあがっていた。

視線を少し上に向けると、となりの建物の閉じられた窓が見えた。内側からカーテンに覆われていた。

不意に、その布地の襞がいささかも揺れることなく、抱えていた濃い影を手放した。

室内に明かりが灯《とも》ったのだ。朝が始まる。しかし人影らしきものは見えなかった。

部屋にエスプレッソマシーンが置いてあるような洒落《しゃれ》たホテルではなかった。インスタントコーヒーの粉末入りのスティックもなかった。前の晩は、シャワーも浴びずベッドに倒れ込むようにして眠ったので、そのままの服装で、寝癖隠しの野球帽をかぶり、街のカフェに行くことにした。

ホテルの外に出ると、じわっと湿り気がまといつき、潮の香りが鼻腔《びくう》を襲った。道路の向こうに暗い海が広がっているのは知っていた。そこから発せられるにおいは、かりにそれぞれの土地に固有の何かを含んでいるのだとしても、故郷であろうが異郷であろうがあまりちがわないように感じられた。

故郷の海辺の集落では、夜の明ける前から小さな湾を出ていく漁船のエンジン音が聞こえてきた。いや、幼いころから耳に染みついているからだろうか、実際には鳴っていなくともまどろみの底から届いてくることがたしかにあった。そんなとき、覚醒と眠りの境界、意識と記憶の境界の上で、「わたし」というかたちを取る以前の懐かしく悲しい何かが淡いひとつの感覚として、やわらかな風に揺れるカーテンの襞のようにかたちを変えながらたゆたっていた。

晩年、僕の実家に連れてこられると、朝食のあと、どこに行ったかと思えば、すでに日射しのきつい夏の庭の菜園の一隅で小さな体をさらにこごめていた母方の祖母もまた、そんなときは僕の祖母ではなく、また僕の母の母でも、終戦の翌年に戦地から無事に帰ってきた夫を海難事故で失った妻でもなく、そうした「わたし」という輪郭を持ちえぬ、懐かしく悲しいひとつの感覚として、一本いっぽん草を抜いていたのではないか。

おかあさん、熱射病になる、なかに入って、という娘の声が耳に入らなかったのは、おそらくそのようにして、生存者の漁師の若者の話では、みなを先に避難させ、最後までサバ漁の漁船にとどまり、荒れ狂う波に呑《の》み込まれ、海の底に沈んでいきながら、「わたし」という輪郭を取り戻しようもなく失いつつあった愛する人とひとつになろうとしていたからだろう。そしてそれは、ふたつの「わたし」の輪郭がともにほどけている以上もはや難しいことではなくなる。

隙間

夜中に目が覚めて、一瞬、自分がどこにいるのかわからなくなる。自分の家ではないことだけは確実なのに、思考はそれ以上進まず、前進を、いや後退でもいいが、とにかく動きを促すべく手を掻《か》こうとするが、ぴくりとも動かない。混乱と怯《おび》えだけが増殖する。

一見、何の変哲もない壁、しかし明らかにその向こうで怒号でも身震いでもある過剰なものらがわずかばかりの空気を、隙間を、奪い合って激しくもみ合い、いまにもひび割れそうになっている壁の、それでも微動だにせぬ滑らかな表面に、すっと一筋の水らしきものが流れ落ちるようにして、ホテルだ、島のホテルにいるのだ、という声ならぬ声が聞こえてくる。その瞬間、手が、不愉快な蚊を追い払おうとするかのごとく宙を勢いよくえぐり取る。

ベッドで上体を起こしたまま、しばらく闇を見つめるが、何度かえぐられた闇は、もちろんその分だけ薄くなっているということはない。むしろ濃さを増しているようだ。

その闇のなかに不安と動揺とは異なる何かもまた紛れている気配があって、胸がさらに苦しくなる。

十五年ぶりに訪れた島だった。港のすぐそばが乗り合いタクシーのターミナルだったことは記憶していた。ところどころに水溜《た》まりのある舗装されていない広場を、どれもこれも年季の入ったバンが埋め尽くし、ひっきりなしに出たり入ったりしている。エンジンやクラクション、大きな笑い声や話し声、そこにガソリンや土埃《つちぼこり》、海からの潮の香、果物や揚げ物や香辛料のにおいが渾然《こんぜん》一体となって、こちらの体もその一部にしようとまといついてくる。

目当てのタクシーを探すのには時間がかかった。この場に慣れてないよそ者は、フロントガラスに貼られたりダッシュボードに置かれたりしたプレートやら紙をいちいち見て回っては、行き先を確認しなければならないからだ。

直接尋ねるのが早いと、バンの開いたドアに首を突っ込んで行き先を尋ねる。すでに座席に肩と肩を寄せて座っている人たちの話し声がピタリとやむ。指でちぎり取れそうなほど濃密な人いきれを貫いて、ほぼ全員の視線がこのよそ者へと注がれる。何度かそのような気まずい思いをくり返し、ようやく然《しか》るべきタクシーを発見する。すでに満席のようだ。諦めるべきだろうか。

すると、こっちこっち、と親切な声と手招きが熱気を力強く攪拌し、その体格のよい女性の横にはたしかにスペースが生まれている。ありがたく身を滑り込ませる。荷物に占有された狭い通路を挟んでひとりがけ席にいた男性がドアを勢いよく閉め切る前に、車はもう動き出している。

サスペンションの問題か単に道が悪いのか、車はよく揺れて、ぴったりとくっついていたふたりの肩と上腕は、見知らぬ他人同士が遠慮がちにたがいの存在を受けとめるというよりは、いつしかそれが常態だというようにすっかり弛緩《しかん》している。そのせいだろうか、となりにいた女性の顔がまるで思い出せない。

信号をいくつも行かないうちに、タクシーは街の中心部から離れ、ボートの浮かぶ小さな川に架かった橋をあっという間に渡る。

右手には小さな山なのか丘なのか、形も色も素材もさまざまな小さな家がひしめく急斜面が見える。だが左手にわっと広がる海に奪われた視線を取り戻し、前に向けたときには、右側には切り立った粗い岩肌が迫るばかり。

目的地に着くころにはほとんどの乗客は降りていた。いつしかひとり占めしていた座席で、ふだんなら体をだらしなく斜めにしていそうなものだが、支えてくれていた女性はすでにいないにもかかわらず、むしろ背筋と首を緊張気味に伸ばしていたのは、運転手の言葉を聞き漏らすまいとしていたからだ。

どうやって帰りのタクシーを捕まえられますか、と訊いたつもりだったが、なかなか通じなかった。彼の身振りと言葉から判断するに、降りた場所で待っていれば、その前をタクシーが通りかかる、ということのようだった。

しかし乗降の場所であることを示す標識はどこにもなかった。だからこそ、そのとき、その場所も、そこから見える風景もしっかり目に焼きつけなければならなかった。

目の前には海が、大西洋があった。一組のベンチとテーブルの上をピンク色の屋根で覆った休憩所があった。その向こうにはコンクリートの突堤が海にぬっと突き出ている。

そうだったのだろうか。

そのあとの記憶がまったくない。そこで何をしたのか。そもそも何をしに行ったのか。帰りの乗り合いタクシーは問題なく見つかって、その日のうちに無事にホテルに戻れたのかどうか。目を凝らすが、暗闇は薄まりもしないし、そこにかりに十五年前の光景らしきものが浮かんできても、海はどこの海かもわからず、突堤の上にも休憩所にも人の姿はない。

それでも無理に思い出そうとすると、闇に紛れている何かは意地悪に、馬鹿にしたように、闇をかき回し、裂けたかと思えばすでに閉じている隙間から見えたのは、この島から何万キロも離れた郷里の海辺の光景であり、太平洋に突き刺さっていたあの長い突堤が、信じがたいほどの距離を踏破したせいでもあるまいが、コンクリートブロックが傾いて半ば海中に没した先端はそのままに、大西洋にまで延びている。

雲か煙か

島に着いて二週間が過ぎようとしていた。フライトはキャンセルされ、別の便を予約しようとすると、運行がいつ再開されるかわからないと言われた。

テレビの教養番組の撮影のためにこの島を訪れていた。ここには僕の愛読してきた作家が暮らしている。その作家の国際的な評価は高まるばかりで、世界文学の名作や重要作家について紹介する番組で彼を取り上げることになり、僕がインタビュアーを務めることになった。

作家がいまディレクターを務める劇場付きの文化センターを訪れ、野外でのインタビューが行なわれた。

素晴らしい好天だった。撮影場所となるなだらかな斜面の野原を、作家と僕はゆっくりと歩きながら登っていった。すでに二脚の椅子と、三脚に乗せたカメラが一台設置されていた。

降りそそぐ光は強かった。予算の関係だろうか、撮影クルーに照明係は同行してなかったので、ファインダーを覗くカメラマンと、その指示に従って反射板を微妙に傾ける音声マンが、画面の色調を整えるのに苦心していた。そのセッティングをディレクターが確認してから、インタビューは始まった。

作家は基本的には長篇小説の書き手である。島を舞台に小説を書けば、この土地の社会と文化を創出した植民地主義と奴隷制の暴力の歴史に触れないわけにはいかない。そういう問題意識を持つ作家だからか、移民差別や人種差別についてのエッセイも書いてきた。

しかし彼にとってもっとも重要な文学ジャンルが詩であるのは間違いなかった。彼が敬愛し、論じるのはつねに詩人たちだったし、彼の書く小説やエッセイは詩的と呼ぶにふさわしい、つねに想像力と洞察力を総動員させる努力を読む者に促し、その努力が深い喜びとともに報われる文体で書かれていた。

話をうかがうことに不安はなかった。なるほど彼の書き言葉はときに難しく感じられるかもしれない。しかし話すとなると、わかりやすい言葉を選び、一貫して明晰《めいせき》な語り口であることは、インターネット上で視聴できる彼のインタビューや講演の動画で確認済みだった。そしてその口元には、消えたと思った瞬間にはもう現われている春の草原を舞う蝶《ちょう》さながら、つねにほほえみが浮かんでいることも。

とはいえ、直接対面して話が聞けることの緊張と歓喜があまりに強すぎたのだろう。耳を傾けているときには、まったく不透明なところはなく頷いてばかりだったのに、インタビューを終え、作家に名残惜しく別れを告げ、車に乗り込んだあと、さて話の内容を思い出そうとすると、浮かんでくるのは言葉ではなく、ほほえみを浮かべた作家とその背後に広がっていた風景なのだ。

傾斜に誘われるがまま視線は遠景の美しい海に吸い込まれていく。光が強すぎて発火でもしたかのように水平線のあたりがけぶっている。空を広大な画布として、海流を含めた大洋の表面そのものを白く写し取ったような茫漠たる雲。そこにやわらかく受けとめてもらおうと落ちていく視線の周辺では、まばゆい銀色に浸食された緑が草の葉や木の葉となって揺れている。

その緑と銀のざわめきに隠されて作家と僕の座っている位置からは見えなかったが、そばにはかつての町の廃墟があった。いくつかの石壁の残骸の奥に墓所を思わせる構造物があった。

中に入ると一瞬何も見えなくなる。外があまりに眩《まぶ》しいからだけではない。闇の質がちがうのだ。そこには血や膿《うみ》とともに苦痛の呻《うめ》きや絶望の叫び、非情な沈黙が塗り込まれているからだ。

それは、まだ奴隷制が存続していた時代に逃亡奴隷を閉じ込めていた石牢《ろう》だった。そこに入れられることは多くの場合死を意味した。だが、それゆえに命が救われたことが一度だけあったという。

二百年以上も前、町がその裾野に位置する火山が噴火した。火口からは溶岩が溢《あふ》れ出し、建物という建物を呑み込み、町は壊滅した。

避難できた幸運な人も少数ながらいたが、町の住民のほとんどが命を失ったという。

記録によれば、その数少ない生存者の中にあの石牢に監禁されていた逃亡奴隷も含まれていた。牢屋の石壁は、押し寄せてくる灼熱《しゃくねつ》の溶岩の大波にも耐えうるほど堅牢《けんろう》だったということか。

疑念が生じないでもない。周囲の建物はことごとく溶岩によって破壊されている。見た限りでは、そして触れた限りでも、周囲に残る残骸の石に比べて牢屋の石が特別なものとは感じられない。

それに溶岩は有毒ガスを発生させたはずだ。ガスは牢屋の中に充満したはずだ。なのに、どうして囚人は生き延びることができたのか。

奴隷たちの血と苦悩、叫びと沈黙を深く染み込ませた石と闇の質が特異なものだったからとしか考えられない。

カメラマンの呼ぶ声がして、われに返った。

返事をして石牢から出ようとする。ふとめまいに襲われ、手を石壁に添えて開口部に立ち止まる。目がなかなか馴《な》れない。ようやく世界が戻ってくる。しかし薄いヴェールがかかったかのように現実の色調が変化している。暗い。

空を見上げると曇天に迎えられる。かつて噴火したその山の頂を覆い隠す巨大な灰色は、雲なのか噴煙なのか。あるいは接近しつつあるハリケーンの予兆だったのか。

罠《わな》をしかけているのだ、と長身の老人は言った。言ったように聞こえた。

そばにいた小柄な中年女性が、やめなさい、と老人にまなざしで訴えかけた。

二人は年の離れた夫婦なのだろうか。あるいは、あまり似ていない親子なのだろうか。それとも単なる知り合いなのか。

罠？

老人の目の前の壁には、縦が一メートル半、横が二メートルほどのキャンバスが立てかけられていた。手首にシンプルな金のバングルを二つほどつけた老人の手には刷毛《はけ》が握られていた。サンダル履きの足元には蓋のあいた塗料の缶がいくつも置かれてあった。

老人の服はその塗料でずいぶんと汚れていた。つば広の麦わら帽をかぶり、黒いTシャツにジーンズ姿の女性のほうは僕にちらっと目を向けただけだった。老人のそばで腕組みをして、やや体をのけぞらせて立ったまま、目を細めてキャンバスを見つめていた。ワインレッドのルージュを引いた唇が動き、二言三言何か発したが、それが老人に向けてなのかキャンバスに向けてなのかはわからなかった。そもそも小声だし早口すぎて、まるで理解できなかった。

絵を描いているのですか?

そう尋ねた。今度はこちらの声が小さくて聞こえていなかったのか、理解されなかったのか、あるいは単に無視されただけなのか、老人からも女性からも返事はなかった。ふたたび女性が口を開き、老人はキャンバスの上のほうの端から端へと刷毛を水平にゆっくりと動かした。黒っぽい塗料の滴が、キャンバスにすでに蝟集する雨雲のような色の重なりの上に幾筋もつーっと流れ落ちた。

女性の耳たぶから垂れた細く大きなリングと、老人の手首のバングルがキラキラと光を反射させていた。あっと思った。晴れてきたのか。

僕は依然としてここに、この島に滞在していた。島に暮らす作家にインタビューするという仕事が無事に終わり、その日の晩は、たくさんいいお話が伺えましたね、とても謙虚で素敵な方だったね、最高の画《え》が撮れましたよ、とホテル近くのレストランで、心地よい余韻にひたりながらテレビクルーのみんなと祝杯をあげた。しかしもう翌朝には、僕以外の全員がそれぞれの拠点のある国に帰っていった。

せっかくここまで来たのだから、この島に在住の他の作家や芸術家にも面会したい。そこでみんなより二日ほど余分に島に滞在することにしたのだ。

インタビューの翌日は、島の北部に暮らす画家のアトリエを訪れる約束をしていた。インタビューした作家が高く評価している画家で、その画集のひとつに作家は長文のエッセイを寄せていた。

画家が白人であることを知ったときには少し驚いた。この島の人口の圧倒的多数は黒人であり、その人たちの先祖の多くはこの島のさとうきび畑で酷使される労働力、すなわち奴隷としてアフリカから強制移送されてきた者たちだった。作家の小説のすべてはそのような島の歴史を背景にしていた。画家のほうも作家の小説を愛読しているようだけれど、黒人ではない彼に作品の真価が理解できるのだろうか。

そんな感想をインタビューのあと作家に漏らすと、作家は深い森の奥にある美しい湖のような瞳を輝かせ、白い歯を見せて、ははは、とやわらかい笑い声を上げた。

しかし、きみがアジア系だからといって、私の作品を理解できていないとは信じたくないなあ。

恥ずかしくなった。画家は少なくとも十年近くこの島に住み、作家と同じ言葉を話した。一方、僕のこの島の歴史と文化についての理解は書物を通してのものでしかない。いったい僕はどんな立場からあんな根拠のない感想が言えたのだろう？　画家と作家とのたがいの仕事を尊敬しあう関係がただうらやましかっただけなのではないか。

画家のアトリエを訪れたら、まずこのことを謝りたいと思った。そして、いきなり「ごめんなさい」なんて言われて驚き困惑する画家を想像して、ひとりで笑った。

何がおかしいんですか？

若いタクシーの運転手がバックミラー越しに僕に尋ねた。声にはどこか警戒する気配があった。

何でもありません。そろそろですか？

もう着きましたよ。

乗車時に僕は運転手にスマホの画面を向けて、作家からもらったメールに記された画家の住所を見せていた。運転手は村に入ってから何度か車を停めて歩行者に確認もした。そしてその平屋の住宅の前に着いたのだ。だから間違いはなかったはずだ。

しかし僕の前にいたのは、壁に立てかけられたキャンバスに向かって「罠をしかけている」という老人と、その様子を見守る女性だった。

何を捕まえているんですか？

女性が僕のほうを振り返った。イヤリングが光を反射させた。老人の腕のバングルも金色に輝いた。ふたりは降りそそぐ光の帯のなかにあった。光の檻《おり》に捕らえられてしまったのは、むしろこの二人なのではないか。

老人が刷毛を持っていないほうの手の指で空を指した。

そこをぎっしりと覆い尽くしていた低く垂れ込めた暗い雲の群れにぽっかりと穴が開いていた。

女性が早口で何かを言った。僕はキャンバスを見た。たしかに雨雲が捕らえられている。老人は刷毛をゆっくりと滑らせ、キャンバスにかんぬきをかけた。もう逃げられない。湿った風が吹いた。それに運ばれて、女性の発した言葉の意味が届いた。雲の狩人。聞き間違いの可能性は高いけれど、そう聞こえた。

光の環

出ておいで、と声がした。

そこに別の声が続いた。

怖くないよ。何もしないから、何も痛くないから、出ておいで。

それを聞いて、「痛くない？　なんでわざわざそんなことを言うの？　本当は痛い、すごく痛いんじゃないの？　怖くない、って言ってるのは、本当は怖いからじゃないの？　そうだ、きっとそうだ」と不安がる声は誰のものなのか、いや誰のものでもなく、ほかならぬ僕のもののようだった。

自分がどこにいるのかわからなかったものの、呼びかけてくる声の主たちを探すと、まるで望遠鏡でも覗いているみたいに、先のほうに明るい光の環《わ》が見えて、そこに子供が二人いた。

ということは、少なくとも僕自身はその白い円の外に広がる暗い闇のどこかに紛れているのだろう。

子供たちは甚平のような服を着ていた。照りつける太陽の光が強すぎて服の色はぼやけ、子供たちの坊主頭は光に侵食されて表情はかすれていた。口とおぼしき場所が動くと、さらに崩壊が進み、頭部に収められていたものが、ぐちゃぐちゃに混ぜあわされたいくつもの塗料みたいになって、ゆっくりと、重たげに、あの命の火が消えていくときの静けさとともに、あふれ出てきそうだった。両手で目をふさいだが、声を消すことはできなかった。ただ子供たちの声は破壊されていなかった。声に輪郭があるのなら、それは子供らしさを留めつつもどこか大人びたところもあって、かわいらしくも不気味でもあった。

出ておいで。

怖くないからね。大丈夫だよ、痛くないからね。

「きみたちのほうこそ怖くないの?」

僕は目を開けた。目を閉じていたのはほんの一瞬の間だったと思う。なのに白い光の環は、この世界の光源、燃えさかる太陽そのものになったかのように、まぶしさを増し、とても直視などできなかった。不安になった。怖かった。

子供たちはもう燃えてしまったのではないか。

しかし怖いほどに、痛ましいほどに、いっそう思いやりとやさしさのこもった声がさらに聞こえてきた。

出ておいで。大丈夫だよ。心配しないで。僕たちがいるから。

それを聞いて、かりに「僕たちがいる？　本当はいないよね？　光の洪水に呑み込まれてもう消えてしまっているのにまだ、そんなところに来いなんて言うの？」と、膨張するばかりの不安で震える声が聞こえてきたとしたら、それは僕の声であるはずがない。周囲の闇はあまりに濃くて、目から離した自分の手がまったく見えない。

実際、手が目の前にあるのか、どこにあるのか、あるとしたらそれは僕の手なのか、そもそも僕は存在しているのか、まるでつかみどころがなく、せめて手が消えずにたしかに存在していることだけは確かめようと、そして触れるにせよ触れられるにせよ、その感触によって自分がここにあることだけは証明できると、一方の手でもう片方の手に触れようとする。

だが指先が何かに触れる感触はどこにもない。

焦ると周囲の闇は濃くなるばかり。何も見えない。

もしかしたら両手はずっと両目に押し当てられたまま？

そう気づいて、手と思えるところに力を込めて目とおぼしきあたりを押す。これでもかと押す。

ところが痛くない（ほんとだ、痛くない）。

それどころか何の感触もない。触れる手もなければ、触れられる顔も消えてしまい、僕が闇になり、闇が僕になる。

なのに、その闇に頑として吸収されないものがある。

闇を押し返す光の環。その真ん中には、あの子供たち。彼らが光となり、光が彼らとなる。

子供たちは怖くないのか。痛くないのか。

すでに燃え尽きて、怖さや痛みを感じる体がないのか。

光を直視することができず、僕の目は痛い。僕の目？　これは僕の目なのだろうか。

光が優しく、根気強く震える。

出ておいで。

怖くないから。痛いことなんて何もしないから、出ておいで。

それを聞いて、「光に一瞬で焼き尽くされ、痛みを感じる余地もないのだとしても怖い。とても怖い」と闇が身震いする。闇と僕はそのとき不可分となってぃたから、声は僕の声だと言ってもよさそうだ。

「そうではない。僕たちの声だ」と誰かが言う。

「ほんとだ」とさっきの誰かとはちがう誰かが応答する。

闇に溶け込んでいるのは、僕ひとりではないようだ。

僕の手はあなたの手となり、僕の目はあなたの目となる。光にこれ以上目を傷つけられないように、あなたが（だから僕が）手を動かして僕の（だからあなたの）目を覆うとき、守られているのは僕であり、あなたである。守っている者もまた、あなたであり、僕である。

自分ではない者を守ることが、そのまま自分を守ることになる。

自分を守らなくても、誰かに守られ、同時に誰かを守っている。

もしかしてこれが、あの子たちの目論見《もくろみ》だったのか。

そんなことを考えたとき、心が（誰の？　誰のでもいい）軽くなる。広がった心の隙間に闇が吸い込まれ（だから心のほうが闇よりも大きい？）、光の環の領域がぐんぐん広がっていく。僕の前には色と形を取り戻した世界がある。

太陽は高く、葉の先端を白い光で濡らした野原を、その先の林に向かって紺色の甚平を着た子供たちが、手をつないで軽やかに駆けている。木漏れ日が小さな背中で楽しげに踊っている。二人は音もなく、木々の作る湿った闇の奥に吸い込まれていく。

風の運ぶもの

地面は凸凹で、雨が降ったらしく、ぬかるみ、ところどころに茶色い水たまりもあった。

見渡す限りその空き地には、いま目の前にあるキャンピングカーも含めて、バンやピックアップトラック、普通乗用車などさまざまな種類の車が停車していた。雨に洗い清められることはなく、とりわけ車体の腹ははね散った泥で汚れていた。

明らかに単なる駐車場ではない。

そもそも車たちは並んでいなかった。思い思い好きな方向を向き、それぞれの間隔は広かった。

つまり一台一台が占めるスペースが大きかった。もちろん大きくなくてはいけなかった。

たとえばこの目の前のキャンピングカーに目をやると、すぐそばに折りたたみ椅子やテーブルが置かれ、焚《た》き火の跡があり、使い込まれて底部が黒ずんだ鍋が上にかけられたままになっている。

鍋の底にわずかに残った汁が光を放っている。時間が経ちすぎているのか、風もないからか、食べ物のにおいは漂ってこない。

こちらの好奇心を敏感に察知したのか、鍋の縁や表面をせわしなく這《は》い回っていた蠅《はえ》たちが、肢《あし》の先に付着させた汁の味をおまえにも教えてやろうと口のまわりにまといついてくる。おせっかいきわまりない。

親切な蠅たちを手で追い払いながら、鍋から上げた視線は、洗濯物に、どれも色あせ年季を感じさせるTシャツやジーンズやタオルなどが作るちぐはぐな垂れ幕に、遮られる。

まだ乾き切っていないからか、それに加えて風がないからか、その幕はそよとも動かない。

洗濯物を吊《つる》す縄は、車にほど近い一本の木の大ぶりな枝に結わえられている。その木の根元、そして車の脇には、食料品や食器などの入った箱やポリバケツ、乱雑に畳まれた、あるいは何かに無造作に掛けられた防水シーツが置かれ、椅子やテーブル、焚き火の跡とあいまって、その汚れの目立つ白いキャンピングカーが、みずからの支配権を着実に拡大しつつある城のように見えなくもない。

だが直感的に浮かんだその比喩に対応する現実は周囲に見当たらない。なるほど、たしかに視界を遮る洗濯物の向こう、彼方遠くにはゆるやかな丘があるはずなのだ。そしてその頂上付近には灰色の構造物があって、太陽の角度によっては窓にキラキラと光を反射させているはずなのだ。

それはかつてこのあたり一帯と、そこに広がる大きなぶどう畑を所有していた地主の屋敷だった。

地元の人から「城」と呼ばれていたこの邸宅には、もはや地主の一族は暮らしていない。世紀の初めに流行《はや》った伝染病のせいだ。

ここに来る前に立ち寄った町のカフェで「城」のことを話題にした際、テラスの隣の席に座って地元紙を読んでいた老人が教えてくれた。

老人の鼻はぶどうの蔓《つる》のような紫色の細かい血管で覆われていて、透明な鼻水が口の上の、やにで茶色く汚れた灰色のひげの茂みに吸い込まれていた。

彼の前の丸テーブルの上には、小傷の目立つ小さなグラスが置かれていた。もう七割方なくなった透明な液体は、かなりの度数の蒸留酒であることは間違いない。

暗い店から漂ってくるコーヒーのにおいが強すぎるのか、あるいは風がないからか、蒸留酒のにおいも、それを確実にかき消していたはずの、ひげに、皮膚に、衣服にしみついた煙草《たばこ》のにおいも感じ取ることができない。

「世紀の初め」とこの人は言ったと思うのだが、いったい何世紀のことなのか。今世紀なのか、前世紀なのか。

しかしそんな疑念をかき消してくれる風はどこからも吹いてくれず、不可解さは埃が静まるように体の奥底に沈む。

だから老人に問い返すことはなく、しかし沈黙も気まずく、ついつい天気の話などを持ち出す。

その直後に雨が降るなどと想像もできないほど、白い雲がかすかにたなびくだけの青空を見上げながら、いい天気ですね、と言う。

ところが老人はそれには答えず、グラスに手を伸ばす。たちまちグラスはひげに埋もれ、だから老人の頭がかすかに動いたところで、蒸留酒を飲んだのか、鼻水をすすったのか、いまひとつ定かではない。

両方なのかもしれない。

ぽつぽつ。

雨ではない。

老人が語り出す。グラスをテーブルに戻した老人は、空き地に集まってきた車たち、それに乗ってやって来たよそ者たちへの懸念を口にしている。なるほど、かつてぶどうの収穫の時期に農園で働くためにやって来た季節労働者のなかには、その空き地に車を置く者もいた。

移動生活者たちがこの地に立ち寄る際の滞在地となっていたこともある。だが空き地にあれほどの数のよそ者が集まってきたことはなかった。

そこにはいない車上生活者たちに向けられた老人の濁ったまなざしにこびりついた憎悪と憤怒から目をそむけ、なるべく自然な動作に見えるよう努めながら、チップを加えたコーヒーの代金をテーブルに置いて立ち上がる……。

そんなことを思い出したのは、風が突然吹いて、体の底に沈んでいた埃のような記憶が舞い上がったからだ。

風は、あの遮蔽幕を、干された洗濯物をめくり上げる。閉ざされた風景が、一瞬、開かれる。

不意に鼻を襲うアルコールとニコチンとすえた汗の混じった強烈な刺激臭に顔がゆがむ。

泥に泥に泥に

泥に泥に泥に泥に気をつけて、とその人は言ったのだと彼女は断言した。

「泥に泥に泥に泥に」？　四度も？

すると彼女の目がいたずらっ子のように輝く。

四度もくり返したのは、泥がどれほど粘り強いか表現したかったのかなあ。

そう言うと笑い出した。

椅子に座った彼女は頭をうしろに投げ出すようにして体をのけぞらせていたけれど、高笑いの出所はその体ではなかった。

背後から聞こえた気がして振り返ったが、そこには暗い暖炉があるのみ。視線を元に戻すと、笑った気配などまるで感じさせない、凪《な》いだ水面を思わせる無表情を浮かべたまま、彼女は机の上のカップに手を伸ばし、すっかり冷めた紅茶をすすった。

僕はそのとき友人の山荘にいた。

好きなだけいていいよ。集中して仕事ができる場所が欲しいって言ってたよな？　その言葉に甘えたのだった。

林のなかの静かな場所だった。ゆるやかなカーブを描く幅の広い舗装道路を散歩していると、背の高い木々に覆われたなだらかな斜面の上に、スタイルは違えどどれも瀟洒《しょうしゃ》な建物が目に入ってくる。

ここに来たころは夏の終わりで、夕方から夜中にかけてどこかの山荘で開かれているパーティーの物音が、笑い声や音楽が、ちがう時代での出来事のように遠いざわめきとなって届いてきた。

そのうち暗くなるのが早くなり肌寒さが増すにつれて、静寂が耳に肌にまといつくようになった。

とはいえ二階のウッドデッキに出て外を眺めれば、夜にはどこかしらに明かりが見えて闇が完全に閉じることはなく、日中は木立のあいだから近所の山荘に出入りする車が目に入り、そのせいか鳥のさえずりや風に揺れる木の枝や雨の音しか聞こえなくても、さほど寂寥《せきりょう》や孤独を感じることはなかった。

彼女のことは友人から聞かされていた。僕が滞在している山荘も含めて周囲の建物の見守りをしてくれている人だとのことだった。

ショートヘアの丸顔に黒縁のパント型の眼鏡をかけ、濃いブルーの防水シェルにベージュのパンツを着ていた。肩からはふくらんだ小さなサコッシュをかけていた。

しかし彼女のほうは僕のことを聞いていなかったようだ。僕がウッドデッキに出ているときを見計らって下から声をかけてきた。それだけ離れていれば、かりに僕が階下に駆けおりて彼女を追いかけたとしても十分に逃げられる。

どなたですか?

山荘の持ち主である友人の名前を告げたくらいでは、彼女の声からもまなざしからも疑念は消えなかった。

だが友人一家の飼い犬が幼犬だったころ山で迷子になった話を思い出し、ミミを見つけてあげた人ですよね、と問いかけたとたん、彼女の意識にきつく編み込まれた警戒の念がするすると解けた。

友人が金融の仕事をしていることを知っているからか、僕がフランス文学の研究をしている人間だと知ると意外だと驚いた。

わたし(しばし沈黙)、大学のときは仏文科だったんです。語学研修で八ヶ月グ

ルノーブルにも行きました。でもフランス語はすっかり忘れちゃって……。

その日からしばらく、彼女は近隣の山荘の見回りの帰りに顔を見せた。何度か一緒に紅茶を飲んだ。

僕たちのあいだの話題はすぐに尽きた。共通の知人である友人一家の話ばかりするわけにはいかない。彼女は少しうしろめたそうな様子で、ミミが見つかっても友人の幼い娘はさほど喜ばなかったと話したが、そのことは友人から聞いてすでに知っていた。

二人分の沈黙のせいで紅茶が冷めるのがひとりでいるときよりも早くなった。沈黙によって苦みを増した紅茶をすすりながら、あまりよく知らない人と一対一で向かい合うのは、さすがに気詰まりなものだ。

ありがたいことに、すぐに彼女の足は遠のいた。

とりとめもない会話のなかではっきり耳に残っているのは、「泥に泥に泥に泥に」という呪文のような表現と高笑いである。

自然とは無縁の都会育ちの彼女は、グルノーブル留学中にクラスの友達に誘われたのがきっかけでハイキングの魅力に取り憑《つ》かれる。大学卒業後フランス語からはすっかり遠ざかったが、山はこんなに近くなった、とほほえんだ。

そして教えてくれたのだ。グルノーブル近郊の森を歩いているときに、その呪文（?）を唱えた人に出会ったと。

全然ヘンな人じゃなくて、むしろかなりイケてるムッシュだったんですよ、と言って、彼女は眼鏡の奥の目を細めた。

沢のそばでキャンプしていて、通りかかったわたしに親切にもコーヒーを淹《い》れてくれて。それで別れ際に言われたんです。

「泥に泥に泥に泥に」？　四度も？

そして彼女の目が輝き、あの高笑いが響いた。

十九世紀のアメリカ西海岸を舞台にした小説の一節を思い出した。

正気を失った金探鉱者が通りがかりの賞金稼ぎにコーヒーをふるまう。カップに口をつけた賞金稼ぎは顔をしかめ、そっと中身を地面に捨てる。そのコーヒーは泥水を沸かしたものだったのだ。

ただし僕と彼女のカップに入っていたのは、友人一家が台所に置いていたティーバッグの紅茶だったので、泥を思わせる淀みはどこにもなかった。

防災行政無線

その人は地域ではよく知られた人だった。

とはいえ、登下校する児童たち、目の前の風景がまったく目に入っていないかのように頭のなかの情景を突き進んでいく子供たちには、その高齢の男性は信号機や歩道橋や横断歩道と同じくらい意識されていなかった。

いや、それは嘘だ。信号機も歩道橋もない地域だった。横断歩道はあったかもしれないが、風雨とタイヤと歳月によってかすれて、ないも同然だった。

しかし、たしかにその老人はいたのだ。

夜になると鹿や猪《いのしし》やムジナが横断する県道の傍らに、「交通安全」という文字の染め抜かれた手旗を持って交替で立つ保護者たちとは別に、そこにその人がいたことを覚えている児童がどれだけいるだろうか。いるとしても過疎の小学校の全校児童数を考えれば、ごくわずかだろう。

接近してくる軽トラが見えていなかったのか、道を駆け足で渡ろうとして、「危ないっ！」と投げかけられる大声に、子供たちは感謝するどころか、うるさいなあ、と一瞬思うだけで、その人のことなどたちまち忘れてしまったのだろうか。

その人には身寄りはいないんですか、と僕は尋ねた。

いや、妻も子供もいたはず。でなければ、あんな御殿のような大きな家は必要ないでしょう、と町役場に勤めている知人は答えた。

その人の居場所がそもそも視界にも記憶にもない気配の地元の小学生たちは知るよしもないが、彼の妻はずいぶん前にその御殿から出ていったようだ。

そのときに子供（たち）も一緒に連れていったのか、あるいはすでに成人してよそで暮らしていた子供（たち）が母親を迎え入れたのか、そのあたりの事情はつまびらかではない。

庁舎内に鳴り渡るその人の大声に、またか、と閉口する職員のなかには複雑な心境の人もいた。

自身の子供の通学路にほぼ毎日その人が立ってくれていることはもちろん知っており、そのことに感謝してもいたからだ。

しかし、だとしてもあんまりだ……。子供たちの交通安全のために骨身を惜しまない人が、何が楽しいのか、月に何度も、下手すれば毎週、庁舎で働く職員たちを困らせにやって来るのだ。

それも坂道とトンネルの多い十キロはある道のりを、むろん電動などではない錆《さび》の目立つ自転車をギコギコとひたすら漕《こ》いで。

人恋しくてかまってもらいたいんじゃないですか、と僕が軽口を叩くと、知人は首を振る。

それにしては可愛げがないですよ。

浴びせかけられる町の行政についてのクレーム、というかほとんどイチャモンに近い粗暴な言葉を、パソコン画面や書類をにらんで聞こえないふりをするが、うまく行かない。

庁舎の玄関ホールの高い天井に反響する大声。かわいそうに、きょうはどこの課が標的にされているのか。

子供たちが渡るあの場所にどうして信号機を設置しないのか！　危ないだろう！町長を出せ！

その人は声を張り上げる。

その小学校にわが子を通わせる親としてはありがたい。しかし今年度で廃校なのだから……。

どうにもならないのに朝から夕方まで庁舎に居座って文句を言い続ける……。だから今年度で廃校なんだって……。

僕は戦慄《せんりつ》と好奇心を覚えた。

その人が庁舎にやって来るのは、基本的に町の行政に対する抗議活動・示威行動のためであることに疑いはなかった。

その町は、小さいながらも内容の充実したアートフェスティバルを二年に一度開催していた。今年はフェスのない年だったので、町の中央公民館で文化フォーラムが行なわれ、登壇者のひとりとして僕は招かれていた。

土地に縁もゆかりもない僕が、いったい何を理由に、何を基準に招聘《しょうへい》されたのか？

税金の無駄遣いではないか？

そのような猛烈な抗議をたずさえ、十キロの道を越えて、庁舎までやって来たその人のうっすら汗をかいた顔が、「あんなつまらん話しかできん奴をどこから見つけてきたんだ！　合理的な説明をしろ！　町長を出せ！　出せ！」と怒号のボルテージが高まるにつれて、真っ赤に上気していくところを想像した。

そのとき僕は庁舎の玄関ホールにいて町職員の知人が出てくるのを待っていた。空港まで車で送ってもらうことになっていたのだ。

しかし知人は窓口で老人につかまっていた。解放してもらえない。

知人は困った顔をしていた。

老人も困った顔をしていた。

僕も困った。飛行機は遅い夕方の便だったが、空港との距離を考えると、そろそろ出ないと。

ようやく出発し、車が庁舎から充分に離れたと思えたとき、知人に尋ねた。

さっきの窓口にいたおじいさん、もしかしてあれが例の……？

きょとんとした知人は、一瞬ののち声を出して笑った。

いや、いや、ちがいますよ。あれにも困ったけど……。

どういうことですか？

他県ナンバーの車を見かけたから、出て行くように町のほうから放送してくれって。

そんなのできないって何度も言ってるのに。

町内放送？　防災行政無線で？　それもすごいな……。

知人はハンドルを握ったまま、小さく首を振った。

しばらくして信号もないのに車が減速して止まった。

例の人の姿を僕は探した。

ありがとーございまーす！

ランドセルを揺らしながら道路を小走りで横断していく子供たちの、実際の人数よりもはるかに多く感じられる健やかな声が、やたらと広くて高い秋の空に伸びやかに吸い込まれていった。

夜空に吸い込まれる

フランスの地方都市で詩人の家に居候していたときのことだ。

十二月のある日の夕方、詩人とともに顔なじみの書店を訪れた。

詩人の義姉が始めた書店だった。チェーンには属さず、いまふうの言い方をすれば独立系の書店ということになるだろうか。この義姉はなかば引退し、その娘が店を切り盛りしていた。

一階と地下階に決して広くはないが、選書の充実した売り場があり、二階はイベントスペースになっていた。そこで開催される朗読会やトークイベントに何度も足を運んだ。小説家や詩人との興味深い出会いがあった。

あたりはすっかり暗くなっていた。吐く息は白かった。

橋を渡っているとトラムが追い越していき、向こうからやって来た別のトラムが脇を通り過ぎていった。かすかにオレンジ色を帯びた明かりに包まれた人たちは、トラムの乗客というよりは何らかのパフォーマンスに参加してトラムの乗客を演じているように見えた。

遠くにライトアップされた大聖堂が見えた。周囲の建物よりはるかに高く、はるかに崇高で、はるかに古いその建造物は、背後に広がる夜空の巨大さと深遠さを際立たせるばかりだった。遠ざかっていくトラムの音が永遠に辿《たど》り着くことのできない空の底に向かって広がりつつ落ちていった。

力強い早足で歩いていた詩人が心配そうに振り返った。

書店が見えた。並べられた本のあいだにクリスマスの飾りが置かれたショーウインドーは光に満たされていた。

チリン、チリンと鈴の音と同時にドアが開き、人が出てきた。

小柄な年老いた女性だった。吐く息も白かったが、ニット帽からのぞく髪も白かった。見るからに古びたジャンパーを着て、手にはミトンをはめていた。

こちらに気づくと、いや、詩人に気づくと、その小さな目に驚きと喜びが広がった。

詩人の名前を呼んだ。

詩人もまた彼女の名前を呼んだ。

詩人の斜めうしろに立っていた僕には、彼の表情はわからなかった。

二人は白い吐息に包まれながら話しはじめた。その吐息に邪魔されて何の話をしていたのか聞こえなかった。

いや、吐息のせいではない。詩人よりもずっと年上に見える女性の声はか細く、詩人はいつものように早口だったのだ。

旧知の二人が久しぶりに再会したことだけはわかった。先に店内に入った。

一階のカウンターにいた詩人の姪《めい》に挨拶をすると、哲学や歴史や社会学関係の本が置いてある地下の売り場に降りた。

しばらくして一階に上がると、店の外で二人はまだ立ち話を続けていた。

詩人の姪と目が合うと、彼女は丸眼鏡の奥の目を細めて肩をすくめた。

文芸の新刊を見ようとウインドーの手前の平台に近づいた。ちらと外を見ると詩人の顔が見えた。悲しそうだった。

笑っているときでも青い目に静かな悲しみを湛《たた》えている人だった。

書店からの帰り道、詩人と僕は黙って橋に向かうゆるやかな下りの道を歩いた。夜空が重かった。

黙って？

冬の夜空が重くとも僕が黙っていられるはずがない。歩き出すや、あの老女のことを尋ねた。

なんだかあの人の目は心ここにあらずっていうか、どこか心の調子を乱した人のように見えたんだけど。あの人は誰？

話したことがなかったっけ？　大学で私の同僚だった小説家のCのことを？

え、あの人がそうなの？

ちがう、ちがう、と詩人の顔の前で白い息が揺れる。彼女はだいぶ前に亡くなったよ。Cは私よりずいぶん年上だったからね。

じゃあ、あの人は誰なのかな？

Cのパートナーだよ。私がCを知ったときにはすでに二人は一緒に暮らしていた。Cのまわりには彼女を女神のように信奉する若い女性たちがいつもたくさんいてね。あの人も最初はそのひとりだったらしい。

じゃあ、あの人も作家？

いや、彼女は高校の教師だったんじゃなかったかな……。

Cは新刊を出すたびに書店の二階でイベントをやった。二人はパリから車でやって来てね、うちに泊まったんだ。動くのが信じられないようなポンコツの車でね、クラクションの音も凄《すさ》まじかったな、と言って詩人はほほえんだ。

Cの小説はいまも読まれているのかな？　僕は読んだことないなあ……。どれから読むといいと思う？

詩人は首を傾《かし》げた。どうだろう？　どの作品も似てたけどね。

でも、あの人はなんであそこにいたの？　パリから来たの？　本を買いに？　まさか。

わからない、と詩人は言った。

あの女性のどこか恍惚《こうこつ》としたまなざしが気になった。

背後からトラムが近づく音が聞こえた。オレンジがかった光にさっきとは異なる乗客を演じる人たちを包んだまま僕たちを追い越した。不意に切なさに胸をえぐられた。トラムの音は僕の一部も連れて夜空に落ちていった。

数日後書店に行くと、ショーウインドーの前にあの女性が立っていた。本を見ているのでも自分の顔を見つめているのでもなかった。顔が近すぎてウインドーが白く曇っていた。

彼女の顔もその小さな目も見えなかった。

だからそれが彼女だったのかどうか確証が持てない。

いや、彼女だった。同じニット帽。同じ白い髪。同じジャンパー。同じミトン。

ふと彼女が彼女ではないことを願った。あれは彼女を演じている別人なのだ。きっとそうだ。そう言おうとしたが詩人はそばにいなかった。

それで、白いため息をついて夜空を見上げたことを思い出す。

いや、そうやって空を見上げたのは彼女だったかもしれない。

月明かりの下で

いつまで待たなきゃいけないのかな、とぼやく声がした。

口にしたつもりはなかった。心のなかで発したつもりだった。

いや、外には洩《も》れていなかったかもしれない。

月明かりに照らされた世界にはとくに変化は生じていなかった。

目に入るあらゆるものの輪郭が淡い光と淡い影のせめぎ合いによって曖昧に震えているようだったけれど、胸騒ぎの音すら聞こえてきそうな静けさの輪郭は触れれば指先が切れてしまいそうなほど鋭かった。

それが僕の声ではないとしたら、車椅子の老人の背後に立っている中年の女性のものなのだろうか。

彼女が洩らしたひとりごと?

あるいは彼女の心のつぶやきが洩れてきたのか。

そして車椅子の老人は黙っていた。黙っているように見えた。目を開けているのか閉じているのかわからなかった。首が前にガクリと傾き、かりに目が開いていたとしても視線は毛布をかけた膝の上に行儀よく置かれた自身の両手に弱々しく触れるだけだろう。何かを咀嚼《そしゃく》しているかのように頬が動いていた。休みなく何かを喋り続けているのかもしれない。

聞こえたのはその声なのか。

僕たちがいたテラスからは黒い林の点在する野原と畑が見えた。それらはすべて月明かりに包まれているのに、月そのものはテラスから見える空のどこにも浮かんでいなかった。

僕がそこにいたのは、この村に暮らす作家を訪ねるためだった。彼女の短篇小説をすでに二本翻訳し、それが収められた作品集の翻訳を考えているところだった。

駅で自転車が借りられると聞いていた。

あー、だけどあなたの電車は、と前日の電話で作家は言った。夕方に着くんでしたよね？

十七時五分？　自転車レンタルの窓口は閉まっているかも……。

駅まで迎えに行く、と言われるのではないかと考えて、いや、けっこうです……と言いかけた僕に作家は説明した。駅を出たところに自転車置き場があるので、一台借りて乗るといい。鍵はかかっていない。どれがシェア用の自転車かは見たらすぐにわかる。駅を出て左のほうに行ってください。

そして何がおかしいのか笑い声が聞こえた。こちらが尋ねもしないのにさらに答えた。

問題ありません。使ったあとちゃんと返せば誰も文句は言いません。実際、みんなそうやってます。というか、このあたりの人たちは基本的にみんな車で移動するから利用者なんていないんだけどね。

作家の予想どおりだった。カウンターには誰もいなかった。駅舎から出て左に折れた。しばらく歩いた。だだっぴろい駐車場があるばかりで自転車置き場などどこにもなかった。見落としたのではないかと駅に戻りながら確認したが、やはり見当たらない。

ふと、こういう場面が作家の小説にあったことを思い出した。

とりあえず電話をかけてみたが、つながらなかった。

住所は知っていた。すぐにスマホで調べた。これが彼女の小説ならば、検索地は地図上に表示されず、僕をさらに困惑させるところだが、むろんそんなことはなかった。徒歩で四十分と出た。荷物は軽いリュックサックひとつ。ペットボトルの水もある。もちろん途中で電話もかけてみよう。もしかしたら車で迎えに来てくれるかもしれない。いや、それはないかな。

うん、ないね、と声が聞こえた。だから、ここにいるわけだ。

横を見たが、車椅子の老人は相変わらず頭を垂れたままだった。背後に立つ女性は月明かりに照らされた前方を見つめていた。

情けない話だが、すぐに歩くのに疲れて何度か電話をかけることになった。

ようやく目的の集落に行き着いた。スマホに導かれるままに作家の家に到着した。白く塗られた木の柵で囲まれたこぢんまりした平屋の家だった。郵便受けに記された名はたしかに作家のものだった。

門は開いていた。玄関まで行き、ドアベルを押したが、返事はなかった。念のため電話をかけた。家のなかから電話が鳴る音は聞こえてこなかった。

あれ？　おかしい、と思ったとたん、別の声が僕の思考を引き継いだ。

おかしくない。おかしくない。携帯の電話番号なんだから。本人が携帯を持って外出してるんなら聞こえるはずない。

いや、初めは「別の声」だとは思わなかった。それくらい声の引き継ぎは滑らかで自然だったのだけれど、どうも自分の声ではないような違和感があった。

でもそれを言えば、自分の頭だか心だかに浮かぶ思考がどんな声のかたちをしているのか、どんな声音でどんな抑揚で語られるのか、そもそも判然としない。

なのに、それがどうして自分の声だと言えるのだろうか。

そんな疑念が浮かぶ前にそのときは、えっ、と振り返った。

そこに車椅子の老人と中年の女性がいたのだ。老人が手を振った。いや、背後から女性が老人の手に自分の手を添えていたから、手を振っていたのは女性のほうか。

話は聞いています。彼女が帰ってくるまでどうぞうちでお待ちください。

いつの間にか日が暮れ、紅茶とクッキーをいただいたあと、このテラスから月の淡い光に浸された風景を眺めている。

作家の小説にこんな場面はなかった。作家にもし会えたら、会えなければメールを書いて、この出来事を伝えよう。

同意を求めるようにちらりと横を見るが、もう声は聞こえない。

静寂。月の光に染まった女性の手がやさしく老人の肩を包んでいる。

寂しげな瞳

寂しげなうしろ姿。
振り向くと、そこに、石段に座っているのが見える。
やや丸まった大きな背中。
真っ黒。びっしりと黒い毛だらけ。剛毛。
全身が毛で覆われている？
僕は素っ頓狂《とんきょう》な声を上げた。わが耳を疑った。
耳もピクピク動いている。
耳も動いている？
僕は自分の耳に手をやりながら、さらに訊《たず》ねる。
指にひんやりとした冷たさ。
わが耳ながら、触れるまでそこにあったとは思えない。

だから、そこにあるよ、たしかにあるよ、と主張するために、動いているのか。動かしているのか。ピクピク。

いや、蠅がまといついてくるからじゃない？

蠅？　蠅？

けっこう臭いし。

臭い？

だって、体は洗ったりしないだろうから。

思わず眉間《みけん》にしわを寄せる。いや、鼻にしわを寄せるべきか。

山の上である。

眼下に人の暮らしがみえる。

一本の川の流れに合わせて平野もその身をくねらす。踊る。

川沿いの道は国道だった。いや、県道だったか。

その道を歩きながら目に留めた風景を思い出し、重ねあわせてみる。

あそこに見えるのは、たぶん鰻《うなぎ》屋？　あそこは肉屋？　わからない。

コンビニとガソリンスタンドはわかる。

そしてあれは、まちがいなく廃業したホテルの建物。

ひび割れた部分に黒いテープが貼られた窓から覗き込むと、暗いロビーが見える。その一隅の棚には、土産物なのか、木彫が並ぶ。

仏像？　熊？

目を凝らす。ガラスに映った自分の顔が邪魔をする。

道に沿って家々があり、畑、そして田んぼがある。じっとしている。日が暮れていく。

道路を行き交う車は決して多くはないが、少ないとも思えない。

歩く人の姿はほとんどない。

こうした光景を石段のいちばん上から眺めることができる。

石段は全部で何段くらいあるのだろうか。

山の中腹まではロープウエーがあった。

でも動いていなかった。

故障中？　オフシーズン？

石段を歩いて登らざるを得なかった。

すぐにじんわりと汗がにじんできたし、息も荒くなった。

石段はジグザグに続く。

立ち止まり、見上げる。

山の斜面自体はさほど傾斜がきつそうでもない。

近道ができるぞ、と考えた。

階段から離れ、山の斜面を直接登っていく。

斜面を覆う木々の茂みを縫って上へ上へ。石段など無視して、ずんずん登る。道なき道を行く。

カモシカや鹿ではあるまいし。

石段から山肌に踏み出した靴の下でボロボロと土が崩れ、そんな言葉が言い訳のように頭に浮かぶ。

足はしおらしく石段に戻る。

周囲を見る余裕はもうなくなっていた。

ため息を漏らす木々もささやきをやめない草もそこにある。トンビの声が落ちてくる。

それにしても遠い。

足を止めて一休み。

歩みを再開するたびに、石段を数え直すのだが、五十も行かぬうちに、数字はすぐにどこかに消えて見えなくなる。

登り切って、ふと考える。

で、結局、石段は全部で何段あったのか。

脚が二本の場合？　四本の場合？

どういうこと？　思わず訊き返す。脚の数は関係ないですよね？　二本で歩こうが、四本であろうが、石段の数は変わらないでしょ？

自分の言葉に自信がなかったわけではない。口調がきつすぎたと思ったのだ。それで言い直す。

どっちにしても石段の数は変わらないはずですよね？

ご自分で確かめられたらどうですか？

一瞬、ムカッとする。

いま登ってきたばかりなのだ。そのことは知っているはずだ。

腹が立つのは疲れているからだと言い聞かす。

しかし何か引っかかるものがあった。

もし声にも姿かたちがあるのだとしたら、その声は決して振り返ることなく、しかし目つきと肩の小さな動きで自分の背後にこちらのまなざしを促す。

そしてそこに、石段を上がり切ったところにお尻をのっけて座っているうしろ姿があったのだ。

お尻は、そして背中も頭も、つまり全身が、たしかに真っ黒だった。
全身が黒い剛毛に覆われていた。
ほんとだ。
両手で口元を覆ったのはむろん驚きの声を抑えるためだ。
けっして臭かったからではない。
そう言うわりには、しっかりマスクをつけたみたいに鼻まで両手で覆い隠されている。
暮れゆく光に、出たり消えたり、蠅が紛れる。
耳がピクピク動いている。
その動きはむしろ親しげでコミカルだ。
寂しげなうしろ姿?
そのとき、黒い背中が波打つ。首がやわらかくねじれる。
目が合う。
鼻が濡れている。
でも寂しげだったのは、その瞳のほうだったのかもしれない。

発芽

老人はずっと眠っていた。

彼が頭をあずけた車の窓の向こうで風景がゆっくりと変化していった。黒っぽい土で覆われた畑が見え、緑の野原が見えた。耕作地も草原もたがいに一歩も譲らず、その場から離れようとしない。その静かなせめぎあいの上に、一握りの砂を空に向かって勢いよく放るように、小鳥たちがやわらかい光に満ちた大気のなかに飛び散った。鳥たちはあるものは光となって虚空に広がり、あるものは砂塵《さじん》となって土に返る。

光でも砂でもある小さな鳥たちを投げた手はもちろん存在しないが、もしあるとしたらそれは、と横で眠る老人の灰色と黄色の混じったひげで覆われた半開きの口に視線を吸い込まれそうになりながら思った。無数のしわにこびりついた土がほとんど皮膚本来の色としか思えない、かさかさに乾燥し、ごつごつと節の目立つ老いた大きな手ではなく、付着した土が文字通り純粋な汚れにしか見えない、潤いのあるやわらかい幼子の手であればよいだろうな、と。

　バックミラーのなかの僕が老人を見つめているように見えたのだろうか、運転手の声がした。

　よく眠っているでしょう？　ちょっとやそっとのことじゃ起きないですよ。なにせね、少し前のことだけど、やっぱりこのあたりを走っていたら、周囲には畑しかない一本道だったのに、いやあ、どうして気づかなかったんだろうね、と運転手は小さく首を傾げて言った。いきなり前を横切ってさ。

　え、と僕は訊き返した。その横切ったものが何なのかわからなかったのだ。聞こえたけれど音が意味に変換されなかったのだ。

　運転手は、もう一度その音をくり返し、言葉を続けた。いきなり目の前を横切ったもんだから、急ブレーキを踏んだんだ。かなりスピードを出していたからね。ほら、と言って、運転手は片手をハンドルから離して、手のひらを前方の道に向かって軽く振った。こんな一本道だろ？　すれ違う車なんてほとんどないしさ。だけど目の前に飛び出してきたもんだから、あ、危ない、と、運転手はそのとき出した声よりはおそらく若干ボリュームを落とした、しかし僕をびくりと動かせるくらいの声で叫んだ。こちらの様子が見なくてもわかるのか、いかにも嬉しそうに、はははは、と笑い声をあげた。

その間、運転手は少なくとも二度はその音の連なりを発したが、それが僕のなかで具体的なイメージと結びつくことはなかった。端的に言えば、僕はその単語を知らなかった。

運転手は見た目からして、もちろん見た目で人を判断してはいけないのだが、移民だろうと推測された。あるいは移民の第二世代なのかもしれない。言葉にはそれほどきつい訛《なま》りはなかった。むしろ僕の話す言葉のほうがはるかに訛っていただろうし、多くのひどい間違いを犯していた。彼の言っていることはほぼ理解できたが、僕の言っていることのすべてが彼に伝わったかどうかは怪しい。そのことが、そのとき彼の目の前を何が横切ったのかを再度尋ねることをためらわせた。というより、運転手の話は急ブレーキを踏んだにもかかわらず、もう僕よりかなり先を行っていた。いや、かなり先で急停止した、と言うべきか。

急ブレーキをかけたもんだから、車はガクンとかなり弾んでさ、うしろに乗ってたそのじいさんが、じいさんの体が、車のどこかにぶつかるいやーな音が聞こえた。やばい、と思って振り返ったよ。そしたら、と言って、運転手は、ははははは、とまた嬉しそうに笑った。じいさんときたらさ、座席の下に横向きに滑り落ちてたんだよ。

その格好のままで、やっぱり眠ってんだよ。呆《あき》れるよね。

いや、ほんとはさ、と言って、運転手はちらと僕のほうを振り返って目を丸くした。さすがにそんときは、一瞬、じいさん、打ちどころが悪くて死んだんじゃねえのかって不安になった。

じいさん、おい、じいさん、と運転手は前に向き直ってくり返し、その場面を再現した。何度か呼んでみたけど、じいさん、うんともすんとも言わない。こりゃ本当にまずい。そう思ったね。

僕は隣の席で眠る老人に視線を向けた。たしかに死んだように眠っている。いや、死んでいるのかもしれない。ふとそう思った。

老人の頭が寄りかかる窓の向こうでは、いつのまにか野原が畑に押しやられて場所を失っていた。黒っぽい土が見えた。何の野菜、何の穀物が植えられているにせよ、まだ芽は出ていないようだった。誰かが、何かが、その土を握って空に放り投げ、小鳥たちが飛び散り、また消えた。そこでもあそこでも。目をつむり、口を半開きにして、じっと動かない老人の太腿《ふともも》の上に置かれた両手は、いま畑の土を握ったかのように黒く濡れていた。拳は軽く握られ、大きな親指の爪が土で黒く縁取られていた。いま付着した土というよりは、もう何十年も老人とともに生きてきた土であるように思われた。その黒い土が下から押し上げられ、指の先で何かが発芽しようとしていた。

その何かは、僕の理解できない音で表現されるものであってもよいと思った。

急ブレーキかけて間に合ったんですか、と僕は訊いた。轢《ひ》かずに、ぶつからずに済んだのですか。

その音の連なりをうまく発音できたかどうか。たぶんできていなかったのだろう。

なぜなら運転手はこう答えたからだ。たぶん聞き間違いではないと思う。

そう、その通りだよ。だからその時以来ずっと、じいさんをそこに、あんたの横のそこんところに乗せてるんだよ。な、よく眠ってるだろ?

緑に染まる

小鳥ですよ、小鳥、とおばあさんは言った。

おばあさんの背後で、林が、木々の緑が身震いした。

むらのない緑ではない。輝きも一様ではない。濃いものも淡いものも緑の葉のそれぞれが光源となって太陽にほほえみ返しているかのようだった。

そこから聞こえた。葉がこすれあう音ではない。

小鳥の声とは思えなかった。

ここに至るまで道を歩きながら、さみしさと不安が大きくなっていた。誰ともすれ違わなかったし、追い越していく車もなかった。

両側には燃えるような緑の草むらが広がっていた。小さな羽虫の群れがゆらゆら立ちのぼる湯気のようにそこかしこで踊っている。遠くから知らない鳥の鳴き声が凪いだ水面のような静けさの上にかすかな傷を走らせ、どこかに消える。周囲はたしかに命で沸き返っている。しかしそこには人の命の気配がない。

だからだろうか、晴れ渡った空は大きく深く、心よ弾め、とばかりに、空気はやさしい陽光で満たされているのに、足がだんだんと重くなる。しかし足を止めて休みたくなるような場所もなかった。

道端にへなへなとしゃがみ込んでもよかった。あるいはどうせ誰も何も通りはしないのだから、道の真ん中に体を投げ出してもよかっただろう。

しかし一度足を止めれば、前進することをやめてしまえば、人の命の気配だけが失われたこの世界から二度と出られなくなるという確信があった。そこにある命はみな、草木であれ鳥獣であれ虫であれ、ただみずからの命の火を燃やしているだけだった。なのに、それが脅威に感じられるほど、周囲にみなぎっている無数の命の総量にただただ圧倒されていた。

そうやってとぼとぼ歩き続けた。引きずる影はたいして長くも濃くもなかったが、ひどく重たく、文字通りに足手まといに感じられた。

そういう精神状態であったことを考えると、聞き違いだったのかもしれない。

音が聞こえた。

聞こえたあと、あれは何だったのかと、正体が不明瞭であることに気づく音がある。

しかし、おかげで視界が広がった。何だったのだろうと、音の出所を探して顔を上げた。

するとそこに家が見えた。ポーチのついた木造の平屋が一軒。

気づけばそこに向かっていた。

やはり人の気配はなかった。不安が募った。ポーチの階段を上がろうとしたところで、また音が聞こえた。

裏手に回った。

そこにおばあさんの背中が見えた。黒い上着に、黒いスカートをはいていた。草に隠れていたけれど、まちがいなく裸足だった。

おばあさんの脇には支柱があり、そこからもう一本の支柱へ張られた洗濯紐《ひも》には、真っ白いシーツが二枚干されていた。

いや、真っ白いというのは不正確だ。使い古されて黄ばんでいたのでもない。シーツには大きな染みが広がっていた。

これが夕方であれば、裏の林に隠された地平線に沈みゆく太陽のせいで赤く染まって見える、と自分に言い聞かせることもできたかもしれない。

しかし太陽は頭上高くにあった。空気にはいかなる色もついておらず、ゆえに草木の緑がただやさしくやわらかく目を、そして目を通じて見る者の魂を愛撫《あいぶ》するばかりだった。シーツが薄い緑に染まっているのならまだ話はわかる。何度も洗ったのかもしれない。しかし染みが赤いものであったことは否定できないように思われた。

おばあさんは振り返った。実はそのときに初めて「おばあさん」と呼べる年齢の人だとわかった。

髪は陽光を浴びて、銀色に輝いていた。目元に、鼻の脇に、口元に、そして頬に深いしわが刻まれていた。

おばあさんの目を見た。そしてシーツに視線を逸らした。

いまが夕暮れどきだったら、シーツが赤く染まっていると言えるのに、ともう一度考えた。

風は吹いていたはずだ。おばあさんの背後で林の輪郭がかすかに揺れていた。銀色の髪の幾筋かが宙空に光の軌跡を描いた。それでもシーツはだらりと垂れたまま、そよとも動かなかった。

おばあさんの両腕も体の脇にだらりと垂れていた。黒い袖口から見える手は、おばあさんよりも磨《す》り減って見えた。

ごしごしと真剣に洗ったのかもしれない。しかし血の色は薄めることができたとしても、取り除くことのできない、決してなかったことにはできない重さというものがあるのだ。それがシーツを地面に、地の底に引きずりこもうとしていた。シーツの端を草の先端がすでに舐めていた。噛《か》みしめていた。その草のなかに何かが横たわっているのが見えたと思って、思わず目を逸らした。草の絡まりあう根がざわついたのか、まるで足の裏が鼓膜にでもなったかのように、声が脚をつたって届いた。

おいでおいで。

いや、聞こえたのは、そんな声ではなかったはずだ。

おばあさんは林のほうを見ていた。それからとても緩慢な動作で振り返り、シーツにちらりと目をやって言ったのだ。

小鳥ですよ、小鳥。

林の緑からは、それらしき囀《さえず》りも羽ばたきも聞こえてこなかった。シーツに広がる薄赤い染みも消えなかった。

しかし、おばあさんの声があとに残した静けさからは、だから世界からは、威《い》嚇《かく》的な重苦しさが消えていた。
少なくともそこにはおばあさんがいた。

闇の奥から

水の流れる音が聞こえていた。

重なりあう緑の木々が光に包まれていた。暗闇のなかから見ると、光はひとしお尊く感じられた。

その声の持ち主が、女なのか男なのか、大人なのか老人なのか子供なのか、よくわからなかった。

もはやその人に尋ねることもできなかった。

その人が僕のところに話をしにやって来たのではなかった。

こちらから問いかけたわけでもない。かりにそうしたとしても、果たして答えてくれただろうか。

その人とのあいだには明らかな距離があった。物理的な距離、心理的な距離。埋めがたい距離。

かりに声をかけても聞こえなかっただろう。

水の流れる音が聞こえていた。

大きな声を出せば、あるいは声は届いたかもしれない。しかし僕の声が水の音に混じれば、水が汚れてしまうのではないか。そのことを恐れた。

水の流れにその人の声はすでに混じっていた。そのせせらぎはそれ自体が誰かの独白を思わせた。

しかし、どうやらそれは「ひとりごと」ではなかった。そこには「ひとり」ではなく、かなりの数の声が混じっていた。

人の声だけではなかった。草木がざわめいていた。光のなかで蝶が何羽もひらひらと舞っていた。光には秘密の隠し扉でもあるのか、蝶たちは不意に消え、また別の場所に別の時間を連れて現われる。そのたびに時間がリセットされる。蝶たちの動きそのものが何らかの模様を宙に描いていた。それは文字の連なりだったのかもしれないが、どうしても解読できなかった。

突然、蝶たちが強風に煽《あお》られたかのようにバランスを崩した。

空気が激しく震えていた。嗚咽《おえつ》していた。遠くで轟音《ごうおん》が聞こえた。雷鳴のようだったが、雷鳴ではなかった。爆発音だった。悲鳴が聞こえた。耳がつんざかれ、死そのもののような静寂が訪れ、それがまた新たな轟音に吹き飛ばされ、耳が聞こえていることに、まだ自分が生きていることに気づくのだ。

水の流れる音が聞こえていた。

爆発音によってか、水の流れに混じった無数の声がほぐれた。

そして僕はその人の声に気づいたのだ。だからその声は僕に向かって語られたものではないのかもしれない。しかし、それが特定の誰かに向けられたものではないからといって聞こえないふりをすることはできなかった。特定の誰かに向けられていないということは、あらゆる人に向けられているとも考えられるからだ。であれば僕がそれに耳を傾けることは許してもらえるはずだ。許してほしい。

一筋の声が水の流れからすっと離脱した。

だからといって水の流れの音が小さくなることはなかった。むしろ流れは太くなった。強くなった。

一筋の声は水の流れを包む湿った暗闇のなかに紛れ、そうやって僕に届いた。勝手に受け取った。

しかし、かりにその声がすべての人に向けて、だから僕に向けても語られたものなのだと言い張るとしても、それをどう伝えればよいのか。

声は赤い血の色をしていた。

声を置き去りにして、流れは暗闇の奥へ向かっていく。あまりにも闇は濃く、奥行きがまったくわからない。

無数の何かがうごめいていた。声はそこに行きたくなかったから、流れから離れ、ここに留まったのだろうか。

声は光に満ちた世界に戻りたいのだ。

草や木のまばゆい緑がささやきを交わし、赤や黄や紫の小さな花が耳を澄まして思案にふけり、蝶がひらひらとほほえんでいる。

それは洞窟の入り口の向こうに見える風景だったのだ。上も下も、闇をしみ込ませた老いた牙を思わせる大きさもかたちもさまざまな石に縁取られていた。

相変わらず恐ろしい音が轟《とどろ》いていた。何かが破壊されている。命が奪われている。世界を満たすのはもちろん光だけではないのだ。

轟音によって流れの音が途切れた。しかし流れそのものは途切れていない。暗闇の奥へ逃げ続ける。

どうしてその一筋の声は、血の流れを思わせるその声は、一緒に逃げなかったのだろうか。

暗闇の奥にうごめく無数のものたちのことを忘れないため？

あまりにも密集しすぎていて、しかも闇があまりにも濃すぎるので、もう誰が誰だかわからなかった。この手が、この足が、この顔が、この鼻が、この腰が、この性器が、この肌が、この血が、もはや誰のものだかわからなかった。それぞれの生には与えられた名があったはずだが、個々の区別がつかないほどに重なりあう体のなかには膨張し、ありえない角度に折り曲げられ、引き裂かれ引きちぎられ、焼けただれ、粉々になり、人の体と呼ぶのがむずかしいありさまになったものもあり、どの体が、どの肉が、どの名で呼ばれていたのかわからなかった。体なしの名だけが残され、塵芥《じんかい》のように浮遊し、いずれそれもまた肉と血と骨を吸い込んで濃さを増すばかりの忘却の闇に紛れて消えてしまう。

一筋の声はそうした忘却に抗《あらが》おうと引き返したのか。それを僕はたまたま耳にしてしまった、目にしてしまったということか。

しかし、すでにその声そのものが誰のものかわからなかった。誰のものでもある、だから僕のものでもある一筋の血でしかなかった。
水の流れる音が聞こえていた。
水は途切れることなく流れていた。

風と光と海と

人の気配がなかった。

通りには誰もいなかった。両側の建物からも物音は聞こえなかった。車も通らなかった。かといって遠くの道路から、時間に鉋《かんな》をかけるように滑っていく車の音が届くこともなかった。空が飛行機の音で震えることもなかった。

ふと横を見ると、通り沿いの建物の窓が開いていた。垂れたカーテンは石に刻まれているかのように微動だにしなかった。

汗ばむほどの好天だった。なのに耳障りな羽虫や蠅がどこにもいない。

不安をかき消そうと石畳を強く踏む。音と感触を確かめる。

暑い。額をぬぐいながらそう声を出してみる。

打ち捨てられた村？

だが、どこにも破壊や荒廃の爪痕は感じられなかった。

見上げると、低い山の稜線《りょうせん》に沿って巨大な風力発電機が数十基設置されていた。ブレードは完全に静止していた。

村は静まり返っていた。

まるで、村の住民全員がたまたま同じ時間帯に用事ができて家を留守にしたかのようだった。通りの両側に建ち並ぶ石造りの家の少なさを考えると、ありえないことではないと思われた。

だが、みんながいっぺんに家を出ずにはいられなくなるような用事というのは、いったい何なのか。是が非でもそれを見たいと誘い出されるものとは何だろうか。

大きなお祭り？　大きな事故？

時計を見ると、午後二時を回ったところだった。

昼食を終え、ソファでまどろんでいた老人がはっと目を覚ます。

部屋のなかは暗い。いつの間にかテレビが消えている。ブーンという冷蔵庫の低い音が消えていたとしても、耳の遠い老人にはその変化は感じ取れない。それでも部屋がいつも以上にひっそりと静まり返っているのは、老人の耳にさえ聞こえていたはずの皿洗い機の音が聞こえてこないからか。

妻の名前を呼ぶ。

返事がない。

もう一度呼びながら、顔をキッチンに向ける。

ソファの横にいないのなら、妻はキッチンのテーブルの上に広げた新聞を読みながら、まだ紅茶を飲んでいるはずだった。

老人はゆっくりと立ち上がり、おぼつかない足取りで妻のもとに向かう。

テーブルにはカップがふたつ。老人が使ったものと妻が使ったもの。角砂糖の入ったガラス瓶の横にはティースプーン。新聞の畳み方は雑。でもそれは先に読んだ夫のせい。

妻の名前を呼びながら、勝手口のドアを開ける。

周囲を見渡す。

そこから見える山の上の風力発電機のブレードは静止している。そういえば動いているのを見たことがない、と老人は思う。

妻はどこにも見当たらない。

そのうち戻ってくるだろう。

そう考えて居間に戻る。ソファの上のリモコンに手を伸ばし、電源を入れる。入らない。何度も押す。テレビがつかない。

また妻を呼ぶ。

しかし返事はない。リモコンをソファの上に放り投げる。残念。リモコンは滑り落ちてカツンと、老人には聞こえない音を立て、電池が床にバラバラと転がる。

老人は眉間にしわを寄せて目を細め、妻を探してキッチンに行く。

テーブルにはカップがふたつ。ティースプーンが一本。かたわらの新聞は粗雑に畳まれている。

妻のカップの上を這っていた蝿が飛び立つ。羽音は聞こえない。さらに蝿が入ってきて、老人の額に止まる。

勝手口のドアが開いている。

老人はそこで引き返してもよかったのだ。なのに、そのまま勝手口から外に出ていく……。

それに類することが各家庭で起きたのではないか。

しかしそれでは結局、何が老夫婦を外に招き出したのかはわからぬままだ。

村のいちばんの目抜き通りは十分も歩かないうちに終わってしまった。

そこで道は僕を置き去りにしてゆるやかな長い斜面を時間をかけて下っていった。眼前にパノラマとなって広がる緑の平原に到達すると、速度を上げてぐんぐん遠ざかっていった。

そうやって道に引き裂かれる平原のところどころに、まばゆい光を放つ沼のようなものが見えた。

水ではなかった。

整然と並んだ太陽光パネルだった。設置されたパネルの枚数によって沼の大きさはまちまちだった。

光の沼がうがたれた平野の向こうに、キラキラとまばゆい光を踊らせるとてつもなく巨大な広がりがあった。

光の海ではない。文字通り海そのものだった。

そこに向かって道は突き進む。迷いはない。銀色のパネルは太陽を凝視することしかできなかった。

そのまなざしの埒外《らちがい》、海に向かって止まることを知らない道の上には、途切れ途切れの列となって、絵のなかに描き込まれたかのように、前進することも後退することもできぬまま永遠のなかに閉じ込められた村の人々がいたのだろうか。

だとしたら、キッチンから消えた妻と、彼女を探して家を出た夫はついに出会えたのだろうか。

太陽なのか、海なのか、風なのか、何かに取り憑かれたように、わらわらと老人たちが家を出てくる。いや、風はない。振り返ると、山の上の風力発電機が目に入る。来た道を引き返す。

苔の記憶

もちろん僕の友達ではない。個人的なやりとりがあったわけでもない。どこに家があったのかも知らない。その人がシゲルおいさんと周囲から呼ばれていたことは知っている。ただ、僕自身は直接「シゲルおいさん」と語りかけたことは一度もなかったはずだ。

その小柄な老人は天気のいい日には決まって、漁協の建物から国道を挟んで反対側にある畑を縁取る低い石垣に座っていた。

夏の夕方、涼みに外に出ると、そこにシゲルおいさんの姿があった。湾を囲む山並みの背後に消えていく夕陽を浴びて、もともとよく日焼けした地肌が、火のついた木炭さながら赤い光を鈍く放っていた。よれよれの白いランニングシャツの肩紐がずり落ちそうになっていた。ひどく小柄な人だった。立っているのを見たことがなかった。遠目には、石垣に置かれた大きなげんこつみたいに見えて、はじめ痩せていることにまったく気づかなかった。

ある日、おいさんがシャツに下から手を入れてポリポリやったときに胸のあたりが見えた。あばら骨が洗濯板みたいに浮かび上がっていた。

手には焼酎の入ったコップはなかったが、つねにかなり酩酊《めいてい》しているようだった。むろん酩酊という言葉を当時知らなかった僕たちはみんな彼のことをただ「酔っ払い」として認識していた。「近づくな、近づくな」と小声で歌うようにくり返しながらも、子供たちは得体《えたい》の知れない存在に惹きつけられた。

そばに近づくと、独特のにおいが漂ってきた。そのうちシゲルおいさんを見ると、鼻のなかに広がり粘りつくのが、現実のにおいなのか、それともにおいの記憶なのか区別がつかなくなった。

それがまた別の記憶を連れてくる。

誰かが火がついたように泣き出したことがあった。

おいさんが怖かったのか。おいさんに睨《にら》まれでもしたのか。

おいさんのふたつの瞳は、泥沼にはまり込んでしまったものの、その難局から抜け出そうと奮闘するでもなく、かといってそのまま沈み込んで視界から完全に消えるでもない、そしてとなりあっているのにたがいの存在にまったく気づいていない孤独な二艘《そう》の小舟を思わせた。

その泥沼の表面が揺れているのだ。泣き声が震わせているのだ。

あれは小さなころの僕だったのか。それともほかの幼い子供だったのだろうか。

いや、もしかしたら犬だったのかもしれない。

僕の記憶のなかの光景では、シゲルおいさんの周囲には、畑の土の色をした犬がいつもいた。おいさんの足元に座っているのではなくて、その周囲をゆっくりと徘徊《はいかい》し、一定の距離を保ったまま地面に寝そべった。まるで食べるために、その小柄な老人が死ぬのを待っているかのようだった。

おいさんが犬に向かって手を振り上げ、何かを投げつける。

いや、威嚇するためにそんな仕草をして見せただけなのか。実際に石つぶてが飛び、むしり取られた草が宙に舞うのが見えたわけではなかったから。

すると犬は、安全な距離を置いたまま激しく吠え、それに対しておいさんが呂律《ろれつ》の回らない口調で手を振り上げながら叫ぶ。負け犬の遠吠えみたいにわめいているが、耳を澄ませば、「びゃきゃやりょ」とか「びゃきゃたりぇ」と言っているように聞こえなくもない。

ちがう、ちがう、それはシゲルおいさんじゃなくて、犬の吠え声だ、と電話をかけてきた友人が笑いながら言う。

犬？　あれは犬が吠える声だったたっていうの？　僕は訊き返しながら笑っていた。

犬が「バカ野郎」とか「馬鹿たれ」って言ってたってたっての？

そうだよ。俺たちはそれが面白くて、あの犬を吠えさせようって、石を投げつけたりしながら威嚇してたじゃないか。ワンワン！　ワンワン！

そう吠えたあと、友人はひとしきり笑い続けた。

一瞬の沈黙のあと、なんでシゲルおいさんの話になっているんだろ、と言って友人は洟《はな》をすすった。笑いすぎのせいか涙声になっていた。いや、本当に泣いていたのかもしれない。

しかし友人はシゲルおいさんの死を告げるために電話をかけてきたのではなかった。申し訳ないが、おいさんが生きているのかすでに亡くなっているのか僕は知らない。僕たちが子供だったときにかなりの高齢だった。かなり前に物故していても不思議はない。

僕の記憶のなかでは、シゲルおいさんは相変わらず野良犬に向かって手を振り上げ、何かを犬に投げつけている。投げつけるふりをしている。犬は距離を保ったまま激しく吠え立てている。びゃきゃやりょ！　びゃきゃたりぇ！　でも正直、その光景は分厚いガラスのドームのなかに閉じ込められていて、吠えているのが、悪態をついているのが、どちらなのかさっぱりわからない。

おいさんがまた石垣の上に手を伸ばし、つかみ、投げる……。

二年ほど前だったか、石垣のそばを通りかかった。漁協の建物は道路の拡幅のためにとうの昔に取り壊されていた。畑は草むらとなり、おいさんが座っていたあたりの石の表面はくすんだ緑の苔《こけ》にうっすらと覆われていた。不意にあのにおいが、ツンと鼻をついてよみがえった。

箱に収められたもの

ほんとですか、と僕は言った。

森の近くの小さな町を訪れたときのことだ。〈小さな〉町というのはもちろん人口が少ないという意味で、村自体の面積は周囲の森も含めると広大なものだった。

中心には何世紀も前に建てられた古い教会や、町の庁舎、郵便局が集まる広場があった。深緑の塗装が剝がれたベンチに座っているのは、僕をのぞけば高齢者ばかりだった。よちよち歩きの幼児を連れた母親も、ベビーカーを押す父親もいなかった。豊かな緑が作る木陰で立ち話をしている若者もいなかった。

広場の真ん中の噴水は止まっていた。水があるべきところは鳩の乾いた糞《ふん》だらけだった。その鳩たちにしても羽には艶がなく、飛び立つ気力すらないように見えた。空から降りてくる鳩はいても、舞い上がる鳩はいなかった。

ほんとですか、と僕はベンチのとなりに座っていたおばあさんに言った。質問ではなく、関心をもって聴いていることを示す相づちのつもりだった。

おばあさんの年齢はよくわからなかった。ちょっとだけ酸っぱいにおいがした。さっきからずっと戦争の話をしていたが、七十六年前に終わった戦争を経験しているほど高齢には見えなかった。

ときどき混じるエピソードは、その後にインドシナ半島やアルジェリアで起きた戦争に関連するもののように思えなくもなかった。遠く離れたそのふたつの場所で過ごした経験が彼女にはあるということだろうか。いや、とてもそうは思えなかった。

では、自分のものではない体験を語っているのだろうか。ふと最近読んだ小説のことを考えた。インドシナ半島のとある国で起きた大量虐殺に関わる記憶を語る作家は、しかし虐殺の生存者ではなかった。難民キャンプ生まれでもなかった。なんとか生き延びて、よその国に移住した者たちの子供の世代にあたり、親たちがうまく使えない言語を駆使して親たちの体験について書いていた。

しかし、おばあさんは彼女が語る災厄に見舞われた遠い土地の出身者には見えなかった。かつて人道支援団体で働いていて、かの地を訪れたことがあったのかもしれない。だがどういうわけか、彼女の言葉は出来事のただ中にいた人でなければ出てこないもののように感じられる瞬間もあり、戸惑った。

老婆の声は震えていた。感極まってなのか、口を開くといつもそうなってしまうのか、判断がつきかねた。

しかし総じて語られるすべてが曖昧であることも確かだった。声のせいなのか、立ち現われる光景は輪郭を震わせて、はっきりと焦点を結ぶことがなかった。度のまったく合っていない眼鏡をかけさせられているかのようだった。

ほんとですか、と僕は言った。そこには関心よりも疑念がかなりの部分を占めていたかもしれない。

老婆の膝の上には、サッカーボールが収まるくらいの大きさの箱が乗せられていた。それを両手で抱えていた。ときどき話すのをやめると、箱の上にそっと顎《あご》を乗せて、目をつむって黙り込んだ。耳を澄ませているのだろうか。小さなしわに包囲された口がきゅっと結ばれた。

僕も目をつむった。緑の葉がさわさわと涼しげな音を立てた。鳩の鳴き声がずっと聞こえていたことを忘れていた。そしてその途切れ途切れの声もまた、ふだん耳にする鳩の声よりも古びて聞こえた。遠く七十六年前の広場から届いてきた鳩の鳴き声は、やはり七十六年という歳月を通り抜けるあいだに、羽と同様にボロボロに擦り切れていた。

赤ん坊の元気な泣き声、そして子供たちの嬉しそうな笑い声や叫び声は、恋人たちの親

密なささやき声と同じように、積み重ねられた七十六年という時間の壁を越えることはできなかった。

苦しげな老人の息づかいが聞こえ、酸っぱいにおいが鼻腔のなかにえぐさを増して戻ってきた。

この広場で待っている。

不意に老婆が言った。

しかし何を、誰を待っているのかは教えてくれなかった。

ほんとですか、と僕は言った。

僕の疑念をとうとう感じとってしまったのか、老婆は答えた。

ええ、本当ですとも。ここにはね、この広場にはね、メリーゴーラウンドがありました。

老婆は箱を抱きかかえた腕に力を入れた。

土曜日とか日曜日になるとね、近隣の村からも親に連れられてたくさん子供たちが集まってきてね、行列もできたんですよ。それはにぎやかでした。

ほんとですか、と僕は言った。

グルグル回りながら、馬が宙を駆け上がったり駆け下りたり、もう子供たちは大喜び。それを見ているだけで嬉しかった。嬉しかったなあ……。

白濁した涙がにじむ目を細めて、老婆は痩せ細った指で箱を叩きはじめた。

彼女の耳には、くるくる回るメリーゴーラウンドに運ばれて広場に広がっていく音楽が聞こえる。

涼しい陰を作ってくれる緑が目にやさしかった。

夏の静かな、静かすぎる昼下がり。

あらゆるものが老いを、だから死を感じさせるこの風景から、木々の緑の若々しさとみずみずしさだけは箱のなかに収めることができなかったのだ。僕は老婆の膝の上から動かぬその物体を見ながら考えた。

僕はようやくベンチから腰を上げた。声をかけたが、老婆は見向きもしなかった。

数時間後、ふたたび広場を通った。薄暮に包まれたベンチに老婆の姿はなかった。安堵《あんど》した。けれど箱がそこにないことがなぜか残念だった。

窓を覗く

見た目は何の変哲もない小さな平屋の住宅だった。

南向きに大きな窓があって、周囲には建物もなく、というか野原しかなかったので、日当たりがよさそうだなと思ったくらいだった。

しかし老爺《ろうや》によると、ここに見知らぬ外国人がいるのだ。

あれは外国人じゃない、と老婆が強い口調で言った。

おばあちゃん、と困惑気味に女性が老婆を宥《なだ》めた。余計なこと言わないで、という小声は、鳥のさえずりや近くの川のせせらぎにかき消された。

外国人だ、と老爺が言った。間違いない。見たことないやつだ。

おじいちゃん、と女性が言った。

ちがう、と老婆が老爺を否定し、そうだ、と老爺が老婆に応酬し、二人はにらみあう。視線が取っ組みあい、顔つきが怖い。

おじいちゃん、と女性が言った。

お母さん、まだあ？　帰ろおよ、と幼い女の子が女性の手を引っぱった。もおいいよ、行こおよ。

外国人、と老爺が老婆をにらみつけたままくり返す。むろん老婆も負けてはいない。外国人じゃない。

女性は僕を見た。目が合うと、申し訳なさそうな笑みを浮かべた。

この村を訪れた僕もまた彼らにとっては外国人のはずだった。見た目も全然ちがう。

老爺の目に僕はどのように映っているのだろうか。

そもそも老爺と老婆と女性と女の子はどのような関係なのだろうか。

さりげなく四人の顔を眺めてみる。老爺と老婆がどことなく似ているような気がしたが、そしたら夫婦ではなく、兄と妹（姉と弟）？　でも長年連れ添うとたがいに似てくるとか？

女の子は女性をお母さんと呼んでいた。でもあまり似ていない。

女の子が老婆と老爺に似ているとも感じられない。

「外国人がいる」と老爺はいったが、「いる」とはどういう意味なのか。老婆も、それが外国人ではないにしても、そこに誰かが「いる」ことは否定しなかった。住んでいるということなのか。いまこの瞬間、たまたまそこに「いる」というだけなのか。しかし誰もが束《つか》の間、この地上に「いる」だけだとも言える。

そんなことをとりとめもなく考えているあいだにも、老爺と老婆のあいだの取っ組みあい、じゃなくてにらみあいは続き、形相も雰囲気もますます険悪になっていく。

いまにもどちらかが手を出すんじゃないか。そう思った瞬間、老爺がくるっとこちらに向き直る。

信じられないんなら自分の目で確かめたらいい。

僕はセメント塗りの階段を四段上がり、玄関の扉の前に立った。

振り返ると、老婆も憎しみにたぎるまなざしでこっちを見ている。

ねえええええ、もおおおお、いこおおおおおよおおおお。

女の子の声が超スローで再生されたかのようにやたらと間延びして聞こえた。

女性は腕を激しく揺さぶられながらも、それ以外の部分は微動だにせず立ち尽くしている。

しかし、その視線がどこに固定されているのかわからなかった。

ドアノブを握って動かそうとするが、びくともしない。何度も試みるが無駄。

振り返ると、目に憎しみをたたえたまま老婆と老爺が同時に、そっちの方に回れ、と僕に手を振る。老爺は右手に、老婆は左手に。

意見の対立のせいで、二人はふたたび激しくにらみあう。

正面から見て左のほうから家のまわりを一周する。裏手にも扉がある。やはり開かない。どの窓にもカーテンがかかっている。中の様子はわからない。

耳を近づけた。

聞こえてきたのは、家の正面で駄々をこねる女の子の声だった。

ねえええええ、もおおおおいいいいいよおおおお、かえろおおおよおおおお。

女の子は、その声は、周囲の空気を工作用の粘土みたいに伸ばし、丸め、歪《ゆが》めていた。

僕はさらに耳を澄ます。

女の子の声が途切れる隙間を狙っていたのは僕だけではなかった。

鳥たちのさえずりがひときわ騒がしくなり、水かさを突如増したかのように川の音が荒々しくなった。遠くで犬がけたたましく吠え、牛がけだるく啼《な》いた。

音がした。でもあれは雷ではないだろう。空には雲がかすかにたなびくだけだった。しかし空気は震えた。皮膚を無視して骨や臓腑《ぞうふ》に直接響いてくる音。

女の子が叫んだ。粘土をこねこねせっかく作りあげた人形の手足をあらぬ方向にひん曲げ、ひきちぎり、首までむしり取り、胴体を真っぷたつにした。元のかたちが想像もできない姿になったその粘土の人形が女の子だった。

もしも砲弾が落ちたなら、そうして屋根と壁が破壊されたなら、ここに閉じ込められている外国人、あるいは外国人ならざる人は、この家からついに出られるのだろうか。次は僕が入る番なのだろうか。

僕と同様、怯えているにちがいないその人の姿を確かめようと、顔を上げ、すぐ目の前の窓から覗き込んだ。

閉じられたカーテンとカーテンのあいだにわずかな隙間があった。そこから見える室内はひどく暗かった。隙間からこちらを見つめ返す、窓ガラスの表面に映ったふたつの瞳。

見まちがいでないなら、その瞳のなかで自由になろうと暴れる怒りは、老婆と老爺のまなざしにあったものとそっくりだった。憎しみが窓いっぱいに、ガラスの表面を覆う土埃と混じりあいながら、じわじわと広がっていった。女性の瞳を震わせる困惑を絶望が塗りつぶした。女の子の悲鳴はもう聞こえなかった。

沼のほとりで

　そのとき、僕は古城のそばの森のなかにある小さな沼のそばに立っていた。空に雲はなく、沼の水面は鈍重な光を反射させていた。ぬめりに覆われた皮膚、たとえばウナギのそれを思い出させた。

　池の上でちらちらと弱々しく輝いていたのは、無数の小さな虫の透明な羽だろう。それは沼から発せられる瘴気《しょうき》のようだった。突然、蚊の羽音と気配が耳元に感じられて、手を払った。

　留学時代にずっと授業に出ていた先生のことを考えていた。先生が退職後、長年暮らしていた首都を離れ、森のそばにある村に移り住んでいたのは知っていた。

　実物を見たことはなかったが、もともとは夏の別荘だったその簡素な石造りの平屋は、世界中（東アジアと南米が多かったそうだ）から学びに来た留学生たちの手によって建てられたということだった。学生たちが石を積み上げ、屋根をふき、壁を塗った……。

そういうことができたんだよ。ブラジルから来た年配の留学生がもともと、大工だか石工だったらしいんだよ。

そう先生の古い学生のひとりがかつて教えてくれた。その人自身も壁にペンキを塗る手伝いをしたという。

数年前のことだが、先生が暮らしている村からさほど遠くない、古城で有名な地方都市で文芸フェスティバルが開催され、僕も招待された。

先生が僕を覚えているはずはなかったが、僕は先生のことを思い出さずにはいられなかった。

古城のホールで開催された、午前のパネルに参加した十八世紀文学の研究者でもある女性詩人と世間話をしていると、思いがけないことに彼女の口から先生の名前が出たのだ。なんでも先生の仕事を博士論文でおおいに参照したというのだ。

もしかしてあなたも先生の授業に出てたんですか？　同じ教室にいたことがあるかもしれませんね。

そう僕が興奮気味に言うと、彼女は笑った。

ご著書で知っているだけです。留学生をたくさん受け入れていた先生だったんでしょ？

僕は少し赤面した。たしかに彼女は僕よりもずいぶん若く見えた。僕の子供だと言ってもいいくらいだ。だから同じ授業に出てたなんてありえない。そう一瞬思ったが、ありえないことでもないと思い直した。

先生は僕の指導教官ではなかった。国際的に著名な教授だったので、どんな授業なのか覗いてみようと思ったのだ。教室はいつもいっぱいだった。各国からの学生はもちろん、明らかに学生には見えない人たちもいた。どう見ても先生より年上の男女が前のほうに座って、しきりに頷きながらノートを取っていたし、学生だったかもしれないが、廊下にべビーカーを置いて、教室のうしろのほうで乳児をあやしながら授業を熱心に聴いている女性もいた。

先生はつねに原稿を用意していた。区切りのよいところで話しやめ、はばたくオオワシの翼のように動いていた眉毛をピタリと静止させて顔を上げた瞬間、まるで海面に帆船が突如出現したように、教室のあちこちにマストならぬ手がすっと上がった。大体はいつも同じ人たちだった。その人たちと先生との議論に周囲の僕たちは耳を傾けた。

先生は学生たちと言葉を交わす時間をとても大切にしているようだった。どんな相手に対してもていねいな言葉遣いだった。そして質問にじっくり耳を傾けた。先生の応答を聞いていると、そこにいる僕自身がその質問を発して、先生と対話しているような不思議な感覚を覚えることもあった。

それはきっと僕だけではないと思う。そのまま議論が授業の終わりまで続くことがあったけれど、誰も文句を言わなかったし、むしろ誰もが何かとても意義深い出来事に立ち会っているという実感を得ていたにちがいなかった。もっと言うなら、その出来事は、自分がそこに立ち会ったという事実によって、意義深さを増したのではないかという錯覚すら覚えた（少なくとも僕は）。

正直に言うと、そこでどのような議論がなされたのか、授業の内容がどのようなものだったのか、はっきりと思い出せない。

熱気と集中を帯びた静寂のなかに響き渡る少し嗄《か》れた先生の声。その声に負けじと突然、教室の奥のほうから赤ちゃんの大きな声が鳴り渡る。先生の眉毛がピタリと静止する（僕はいつも前のほうの席に座っていたので、はっきりと見えた）。先生は何も言わなかったが、オオワシの翼に守られた両眼に、なんだかそれ自体が子供っぽい、嬉しそうな輝きが拡《ひろ》がるのを僕は見逃さなかった。

泣き続ける赤ちゃんを抱いた女性はみんなに申し訳なさそうに教室から出ていこうとしたが、先生は母親にそんな必要はないと身振りで示し、天を仰ぐと、まるで落下しまいと狼狽《ろうばい》する翼さながら眉毛を上下させながら、「こんなつまらない話を聞かされたら泣くのは当然だ！」と嘆息し、教室全体が赤ちゃんの泣き声ごと笑いの渦に包まれた。

あの赤ん坊がこの女性詩人だということはないだろうか。

むろん僕はそんなことは言わなかった。

せっかくだから先生に会いに行きたいな、と言うと、女性詩人の瞳に驚きが浮かんだ。

知らなかったんですか。お亡くなりになったのを……。

その声には、本当に先生を知っていたのかという疑念も含まれているように感じられた。

ランチを食べたあと、城を離れ、ひとりで森のなかを歩いた。途中で道がわからなくなり、その沼に行き当たった。

知らなかった、と声に出して言ってみた。沼の水はそよとも動かなかった。

境界線の上で

しばらく前からその存在には気づいていた。

それは、市の美術館の建物の周囲を行ったり来たりしていた。

なるほど、美術館によってはとてもユニークな形状をしていて、どこが入り口なのかわかりにくいものもある。

でもそこは、その地方を長年支配していた貴族の邸宅を、投資家として財をなしたアートコレクターが買い取って美術館にした建物だった。

正面には、ポルチコというのだろうか、屋根を載せた大きな柱の列が並んでいて、その真ん中あたりに、これはあとから設置されたものだと思うが、背の高い大きなガラス張りのドアがあった。

どこから建物に入ればよいのかわからないはずがなかった。

近づくたびに、温泉地の硫黄のようなにおいが濃くなった。

僕は美術館の前庭に置かれたベンチに座っていた。前を何度も通るのだから、どうしても気づいてしまう。気になってしまう。

わりと大柄だった。迷彩柄のカーゴパンツを穿いているように見えたが、本当にパンツだったのかどうかわからない。

裾から、肉食恐竜や悪魔（もちろん両者とも本物は見たことがないけれど）のようなぼってりとした足が覗いていたからだ。

いやいや、そういう独特のデザインのブーツとは思えなかった。

ごつい足指の先の、尖《とが》った大きな爪には黒い泥がこびりついていた。その泥はまだ濡れているようだった。

ベンチ前の赤黒い色をした土の道に、人間のものとは思えない足跡がはっきりと残されていなかったのは、陽光を浴びて土がほとんど乾いていたからでも、多くの来訪者の靴跡に踏みしだかれていたからでもない。その存在がうしろに引きずっていたものが、足跡をすっかり消し去ってしまったからだ。

スマホでメッセージを読みながら、ふと目をそらすと、その足が目に入ってしまった。その瞬間、僕の本能はそれ以上目を上げてはいけないと告げた。

理解しがたいものを見た、と僕はメッセージを送った。

？とだけ即座に返事が来た。

返事をためらっているあいだに、次のメッセージが届いた。

まさか！！

もう見たんですか？？

と連続してメッセージが届いた。

ちがいます、と送ると、やはり即座に返事が来た。

もうすぐ着きます！　楽しみ！！

僕は顔を上げないようにして、視線を地面に這わせた。あの足は見えなかったけれど、かなり大きくて太い尻尾にしか思えないものを引きずった跡は厳然としてそこにあった。

来ないでください、とは書けなかった。

その美術批評家と僕は一緒に美術館の展示を見る予定だった。しかし、その人の到着は遅れていた。

「その人」という呼び方になるのは、美術批評家が男性なのか女性なのか、そのどちらなのか、そのどちらでもないのか、わからなかったからだ。面と向かっているときは名前で呼ぶので、まったく不都合はなかったけれど、いま文章でその人のことを書こうとして、「彼」なのか「彼女」なのか戸惑っている自分に気づく。

その美術批評家と一緒に見ようとしている作品が、社会的な問題になっていることはさすがに知っていた。だからだろう、美術批評家は、ネットに流通している言葉にはなるべく触れずに作品を見ましょう、と提案してきたのだ。

それでも情報は入ってきた。若手のアーティストたちが連名で、作品の撤去を要請する公開質問状を美術館に送っていた。

そして、そうしたアーティストたちと立場をまったく異にする信仰心の篤《あつ》い層もまた、作品に対して激しい嫌悪を示していた。作品の破壊予告が美術館に送りつけられてきたという報道もあった。

いったいどのような作品なのか。

といっても、すでにネット上で画像を見てしまっていた。

もちろん画像からは何もわからない。実際、さっぱり理解できなかった。

こんなものがどうしてこれほどまでに怒りや憎悪を喚起するのか。

数日前にそう疑問を提示すると、あなたはこの土地の人々を分断させてきた支配と抑圧の歴史をよく知らないから、と美術批評家は答えた。

そういう文脈とは関係なしに作品の美しさや良し悪しはあるのではないですか、と僕は言った。

電波が悪かったのか、美術批評家の声は聞こえていたが、画面は凍っていた。呆れて激しく首を振ったのかもしれない。

わたしたちが何を好ましいと思うか、何を美しいと思うか、わたしたちの感性や趣味は歴史的に、社会的に構築されているのではないですか、と美術批評家は言った。

直感もですか？

画面の上の「彼女」は数十秒前のままだった。あるいは数十秒後の姿だったのかもしれない。音も途切れた。

目の前の土の上に新たな痕跡を残して、ずずずずと引きずられていく重そうなものになるべく目を向けまいとしながら、あのとき自分は美術批評家のことを何も考えずに、ただ「彼女」と認識していたのだと思い返していた。

誰かが僕を呼んだ。

うっかり顔を上げてしまった。

美術館の正面に向かってまっすぐ延びる道に沿って、茶色い葉を落とした背の高い木々が並んでいた。その向こうに広がる大空は澄んだ光で満たされていた。もう硫黄のにおいはしなかった。

郷愁？

ほう、わざわざそんな遠くから、と年老いた人は言うと、しばし黙り込んだ。

目の前のテーブルの上には乳白色のカップがあった。

カップは決してきれいではなかった。むしろ汚れ、縁が少し欠けてさえいた。湯気も立っていない茶色の液体はコーヒーなのか紅茶なのか。

年老いた人のひげで覆われた口元はほほえんでいた。そう見えたけれど、先端が長く垂れ下がった白い眉毛の下の目はまったく笑っていなかった。どこでもない遠くを見つめることで、自分の記憶の奥へ沈み込んでいこうとするあのまなざしが浮かんでいた。

それで？

こちらが話を促すと、年老いた人はまた記憶を遡《さかのぼ》りはじめる。そして口を開く。

ほう、わざわざそんな遠くから。

そして黙る。

また話を促す。それで？

そうしたやりとりが少なくとも三度はくり返されていた。

このにじんだ瞳のなかに入っていけたら、と思った。僕自身が直接この人の記憶のなかに、その奥に潜っていき、必要なものを手にするほうが早い気がした。

そうすることにした。

いや、できるはずがない。

それにしても、と年老いた人の遠いまなざしに自分自身のまなざしを重ねようとしながら思った。記憶を遡るとき、どうして垂直方向に潜ると考えてしまうのか。生きることは古い記憶の上に新しい記憶を重ねていくことなのだろうか。

人間は重力から逃れられないのだから、生きることはむしろ落ちていくことではないのか。古い記憶が上にあり、月日が経過していくうちに、人はどんどん落ちていくのだ。だから思い出すことはむしろ上がろうとすることではないのか。ふわっとたやすく、意志とは無関係に浮上してくる想起もあれば、這い上ってようやく辿り着ける記憶もある。記憶の奥底とは天空なのだ。だから、そこには行けない。遠く懐かしい思い出は美しい星々となって輝く。手を伸ばせば届きそうな気がする。

しかしまだその先、もっと高いところ、視線すら届かない深いところに輝く思い出がある。それが日々、遠ざかる。どうしても見えない星、取り戻せない記憶は、果たして「私」のものだと言えるのか。そもそも星空は誰のものでもない。だからこそ星空を、蒼穹《そうきゅう》を見つめていると、いつしかその無窮の広がりと奥行きに吸い込まれ、「私」は失われる……。

ふと我に返る。天空から「私」を取り返す。そうやって僕は束の間、目の前に座って遠くを見つめる年老いたこの人になっていたのかもしれない。記憶についての夢想は僕のものではなく……。

私のものでもないよ、と僕の思考に年老いた老人の声が割って入った。

ギョッとして、もう一度年老いた人の顔を見返す。老人はほほえんでいるように見えた。口元のひげは濡れ、滴が光っている。

僕は声に出して、頭によぎったことを語っていたのだろうか。いや、そんなはずはない。ということは、年老いた人が束の間、僕になっていたのか。

逆に、この人が僕になっていたとか？　いやだな、と一瞬思い、それはこっちだって同じだよ、と声が聞こえてきそうで身構えたが、何も聞こえなかった。

老人の前に置かれたカップのなかの茶色く濁った液体はたしかに減っていた。あなたの考えたことではないとしたら、誰が考えたことなんですか、と僕は尋ねた。声に出さず頭のなかで。

年老いた人はやはり声に出さずに答えた。実際には、ただカップに手を伸ばし、残りの液体を飲み干しただけだったけれど。茶色い滴がひげをつたって何滴かぽたぽたと落ちた。

あなたが遠路はるばるこんなところにまで探しにきた人ですよ。

その人のことなら、あそこの家の人がよく知ってるはず、と教えてもらい、この年老いた人のところを訪ねたのだ。

その人は寡作な作家だった。短篇集が二冊あるだけ。故郷とおぼしき土地を舞台に、そこに暮らす者たちの人生のささやかだけれど忘れがたい瞬間を鮮烈に切り取った短篇を書いていた。ある短篇では脇役だった人物が、他の短篇では主人公となる。人物たちの行きつけのカフェがあり、彼女ら・彼らが三世代にわたって働く工場があり、子供のころ必ず訪れたことのある動物園があり、ゾウガメのジョゼフがほぼ一世紀のあいだ住民たちを見守っている。いや、見守ってはいないかな。ただそこにいる。

読んでいて不思議な郷愁に駆られる。僕の生まれ育った海辺の町とはまったくちがうけれど、この土地を知っていると感じる。そんな経験をもたらしてくれるのは、作家がみずからの故郷に愛もあれば憎しみもある強い郷愁を覚えているからではないか。そのような評を実際に読んだこともある。

期待を胸に作家の故郷とされる土地を訪れた。

ところが、そこには作家が描いていた風景を感じさせるものは何もなかった。何ひとつ！

カフェも工場も動物園もなかった。そんなものは一度もあったためしがない、と店から出てきたところに声をかけた理髪師とおぼしき人に言われた。ん、ゾウガメ？　あんた、馬鹿にしてんのか、とちょっと怒っているようでもあった。

作家の名前を出した。すると彼はしばらく考えてから、この年老いた人の家を教えてくれた。

そして年老いた人は、ほう、わざわざそんな遠くから、と言ったあと、黙り込み、しかし今度は、さあどうぞというように、テーブルの上の空のカップを僕のほうにそっと押した。

粉雪の舞う夜に詩人と

雪はまだわずかだけれど、ちらちらと舞っていた。

二十年くらい前のことだ。フランスの地方都市に暮らしていたころ、地元では有名な独立系の書店で開催された詩人の朗読会に行った。どうして足を運んだのか。詩人の名前すら思い出せない。しかしその朗読会のことははっきり覚えている。思い出すと、いまだに笑ってしまう。あれは僕が参加した数多くの朗読会のなかでも忘れがたいもののひとつだ。

書店の二階のイベントスペースで十八時から開催された。

あたりはすでに暗かった。

年末からずいぶん冷え込む日が続いていた。

大晦日にはかなり雪が降ったが、年が明けてからは晴天が続いた。

しかしその日は朝から寒かった。

登場した詩人はすっかり出来上がっていた。

最初、それが詩人だとわからなかった。一緒にイベントスペースに入ってきた、濃紺の細身のコートをまとった中年の紳士のほうを詩人だと思っていた。すると、膝の抜けたコーデュロイのズボンの上に、薄いベージュ色のダウンジャケットを着て、ぽっこりおなかの出た老人、頭に雪でもかぶっているようなやわらかい白髪で、すでにアルコールのにおいをぷんぷんさせた、足元のおぼつかない年老いた酔っ払いが、僕たちの前に置かれた椅子にどさっと座り込んだ。

ポケットからねじれた本を取り出した。詩集なのだろう。それを握りしめたまま、唐突に喋り出した。

何を言っているのかわからなかった。聴衆に話しかけているのか、それともすでに朗読は始まっているのか。

呂律が回っていないことだけは確かだった。

だんだん早口になっていき、声が大きくなっていた。不必要なほど大きい。

そう感じられたのは、最初は笑っていた観客たちがいつの間にか全身をこわばらせて黙り込んでいたからだろう。僕もいったい何が起こるのか固唾《かたず》を呑んで見守っていた。

突然、詩人が立ち上がった。ガタンとやたらと大きな音を立てて椅子がうしろに倒れた。

これはパフォーマンスなのだろうか。どうもちがう。部屋のなかの空気の質が変わっていた。それはもう期待まじりの困惑ですらなかった。みんな怯えていた。

詩人が片手を激しく振り上げて叫んだ。同時に、見事な、でもぶざまな破裂音がした。

一瞬、時間が止まる。

それがなんだかすぐにわかった。

みんなは気づかないふりをしていたが、僕にはそこにしか間違いようなく理解できるものがなかったので仕方ない。

噴き出してしまった。

おならだった。

詩人は自身のお尻の不始末に気づいてもいないようで（さすがに朗読パフ

ォーマンスの一環ではないだろう）、さらにまくし立てた。そのくり出される言葉を、お尻がさらに二発、三発と援護射撃した。

僕の笑い声が呼び水になったのだろうか。

みんな我慢できなくなって笑い出した。僕が最初詩人だと勘違いした紳士は、斜め前で口を両手で押さえ、前かがみになり、肩と背中をくくっと震わせていた。

激怒してわめき散らしているようにしか見えなかった詩人ですら、いまや相好を崩していた。そしてそれからは、彼が何かを言うたびに聴衆は笑った。相変わらず呂律が回っていなかった。しかしその言葉の回転は、もはや雪に取られたタイヤのように空回りしてはいなかった。ぶううう、ぶうううっと無為に吹かされるエンジンの音ももう聞こえてこなかった。

詩人が何を喋っているのかは理解できないままだったが、今度は僕のほうが周囲の笑いにつられて愉快な声を上げていた。笑いの渦に心地よく体を揺らしていた。

詩人は笑っていた。陽気な酔っぱらいが大声で歌うように詩を朗唱していた。おならはさらに発射されたのかもしれないが、部屋を満たす大声と楽しげな笑い声のせいでまったく聞こえなかった。

「あー」と声がした。

その「あー」の言い方に驚いて、思わず振り返った。フランスではあまり耳にしたことがない、でも僕には耳慣れた響きだったのだ。

声の主を振り返ると、顔を真っ赤にした四十代とおぼしき東洋系の女性と目が合った。その人が小声で僕に向かって何か言った。

僕が彼女の「あー」から彼女の出身地を想像できたように、彼女もまた僕を一目見ただけで、僕がどこから来たのか理解したのだろう。

小さな声だったが、周囲の哄笑《こうしょう》に紛れることなく聞こえた。

「恥ずかしい」と日本語で彼女は言った。

朗読会のあと、詩人は自分より一回りは小さなその女性にずっと支えられていた。手にしたワイングラスは片時も離すことなく、観客たちと熱心に喋っていた。

少しだけ詩人の妻と話した。もちろん日本語で。別れ際、彼女は親切にも住所と電話番号を書いた紙片をくれた。

僕はそのあとも書店に残って店主の女性と喋った。

しばらくして店を出ると粉雪が舞っていた。見ていると暗い夜空にこちらが吸い込まれそうだった。

雪の上に残された無数の足跡を見ながら思った。足元はおぼつかなかったけれど、詩人は無事に帰れたのだろうか。ふたり一緒に転んだりしていなければよいけれど。

数日後、紙片のことを思い出した。ポケットを探ってみたが、見つからなかった。

空き家の前で

出てこい、出てこい。

おばあさんがひとり声をかけている。それに気づいた別のおばあさんが近づいてきて横に立つ。

すぐに、あとから来たおばあさんも声をかけ始める。

出てこい、出てこい。

どこからか、さらにもうひとりおばあさんが現われて、二人と並んで立ったかと思うと、すでに呼びかけに加わっている。

出てこい、出てこい。

そこにさらに加わるのは、おばあさんではない。物語では三という数字が大切だから、これ以上おばあさんが増えては困るからではない。たまたま僕だった。

少し前から遠巻きに三人のおばあさんたちを眺めていた僕は、状況がつかめずにいた。

女神の歌とか魔女の呪文でもないのに、おばあさんたちの声にはいわく言いがたい吸引力があって、呼びかけに加わりたくなった。

出てこい、出てこい。

かりに僕がそう唱えたところで、三人のおばあさんたちは気にしなかったのではないか。

しかし僕は彼女たちを遮って尋ねていた。

すみません。何をやっているんですか。

僕たちの前には一軒の建物があった。木造で壁にはコールタールが塗られていたが、風雨にさらされ、すっかり色あせていた。一目で空き家だとわかる佇《たたず》まいだった。

三人目のおばあさんが教えてくれた。

ここでね、むかしミシンを踏んでいたんですよ。

住宅に見えますけど、と僕は言った。正直、話がよく見えなかった。

おばあさんは笑った。

一階の広い部屋にミシンが五台置いてあってね。ある朝、仕事に来たら、みゃーみゃー声がして、何だろうと思ったら、部屋の隅に積み上げた段ボールの裏に子猫が二匹いたんですよ。

そうなんですか、と僕は相槌《あいづち》を打っていた。それはびっくりですね。で、その子猫たちはどうなったんですか。

すると、脇からひとり目のおばあさんが答えた。

ちがいますよ。子猫じゃないんです。若い女性ですよ。娘さんがひとり泣いていたんですよ。

若い女性？　泣いていた？

そうそう。かわいそうに泣いてた。あの娘さん、あなたの親戚の子じゃなかった？　ちがった？

ひとり目のおばあさんが、二人目のおばあさんに言った。しかし訊かれたほうは首を傾げた。

そんなことあった？　誰の話？

あれ、子猫だったでしょ？　人間の泣く声じゃなかった。そうそう、あれは子猫ちゃん。

三人目のおばあさんがかなり声をひそめて否定した。

それが聞こえていたのかいなかったのか、ひとり目のおばあさんは言った。

かわいそうだった。わたしも焼酎飲みの夫にさんざん苦しめられたけど、あの娘はそんなもんじゃなかった。あの子、逃げてきたんだよね。裸足だったじゃない。かわいそうに。

子猫ちゃんは靴なんか履かないでしょ、と三人目のおばあさんがぼそっとつぶやくのが聞こえた。

二人目のおばあさんは小首を傾げて思案にふけっている様子だった。その彼女に向かって、ひとり目のおばあさんが言った。

あれって、あの子にあなたが鍵をわたしたんでしょ？　あの子、少しのあいだだったけど、わたしたちと一緒に働いたことがあったじゃない。

鍵なんて誰も持ってなかった、と三人目のおばあさんが僕の目を覗き込むように見つめて言った。そもそも鍵なんてかけたことなかったでしょ。誰でも自由に出入りすることができたでしょ。

そうですね、と事情を知りもしないのに返事をしそうになった。そしてどういうわけか、おなかの大きな猫が目の前の空き家の玄関の扉をあけて（でもどうやって？）中に入っていく姿が見えた。

出てこい、出てこい。

二人目のおばあさんが、空き家に向かってふたたび呼びかけ始めていた。

そっとしてあげなさいよ、とひとり目のおばあさんが言った。あの若い娘は泣いていたけど、わたしたちは知らんぷりをして、ミシンを踏み続けたじゃない？ミシンの音であの子の泣き声は聞こえなかったから、そもそもあの子は泣いてなんかいないようだったし、あの子を泣かせるようなことなんて何ひとつ起きなかったかのようだった。そのうちいつものようにわたしたちは作業に集中して、ミシンの音だけが部屋を満たし、すると、まるであの子がそこに、わたしたちのそばにいないかのようだった。でもね、心の片隅では、部屋の隅っこであの子が泣いているのはちゃんとわかっていたんだと思う。だからわたしたちにとって、あの日、ワイシャツを縫うことは、それだけのことじゃなくて、あの子の心につけられた傷を縫い合わせることでもあったし、どこにあるのか見えないし、どんなものだかよくわからないんだけど、あの子に加えられた暴力がそこを通してやって来た裂け目、そしてその暴力が、あの子の泣く声に引き寄せられてくる仲間たちを呼び込もうと、ところかまわず作り出そうとしていた裂け目を閉じようとしてもいたんだと思う。

そう言い終えたひとり目のおばあさんの瞳からは光が消えていた。呆然と立ち尽くしていた。

子猫ちゃんも一緒に縫いこんじゃったのね、と三人目のおばあさんが詰問する口調で言った。でも大きく見開かれた目は、ひとり目のおばあさんではなく、やっぱり僕に向けられていた。僕は困惑して、二人目のおばあさんを見た。

出てこい、出てこい。

相変わらず彼女は空き家に向かって呼びかけていた。その声からは切迫感が失われ、安堵の気配すらあった。まるで、ひとり目のおばあさんと三人目のおばあさんだけではなく、僕までも彼女と声を揃えて呼びかけているかのようだった。

夜の底の花

夜の底に湯気がゆらゆらと吸い込まれていった。建物からのほのかにオレンジ色を帯びた明かりが、闇に隠れようとする木々の枝を彫り出し、おびただしい数の白い花を浮かび上がらせていた。そしてそれらの花がピンクがかった白に見えるとしたら、それは闇の裏側が黒ではなく白だからなのかもしれない。闇に無数の穴が穿《うが》たれる。引き裂かれ、めくられたその表皮が花弁なのだ。だから血がかすかににじんで、こんなにも妖しく美しい色になる。

そのホテルに着いたときには日はとっぷりと暮れていた。しかも町全体が陰鬱な空気に包まれていた。人の生活の気配が感じられなかったのは、道路沿いの建物のほとんどに光がなかったからだろう。

そのせいで、遠くに見えたホテルの光がひときわまばゆく見えた。パーティーが行なわれていて、近づけばにぎやかな笑い声や話し声が聞こえてきそうな気がした。かっては保養地として栄えた土地だった。

ドアマンのいない扉を押してロビーに入ると、意外なほど薄暗かった。フロントには誰もいなかった。カウンターの上に置かれた呼鈴を、チン、と押した。

ずいぶん経ってから、紺のスーツを着た男が現われた。チェックインの際にパスポートを渡すと、ちらっと目を上げて、プールを利用されますか、と尋ねてきた。

どうしてですか。

温泉のプールです、とフロント係の男は答えた。

はあ。

温泉です、と男はもう一度強調した。日本の方は温泉が好きですよね。水着はお持ちですか？　お貸しできます。

何がおかしいのか男はふっと笑ってから続けた。

いや、水着なしで入っていただいても構いません。ほかにお客さんはいませんから。ふっ。日本の方たちは裸で温泉に入るのが好きなのですよね？　ふっ。

裸になるのは、お風呂として利用するからですよ、あたたまるためですよ、と説明しようと思ったが面倒くさかった。プールになってるくらいだから、どうせぬるいんでしょ、と言いたかったが、黙って部屋の鍵を受け取った。

ところが期待はいい意味で裏切られた。夜の八時過ぎだったか、ホテルの裏手にあるプールを覗いてみた。すると湯気がもわもわと立ちのぼっている。もしやと思って近づき、手を突っ込むと、あれ、ぬるくない。ちょうどよい湯加減だった。

部屋にバスタオルを取りに戻った。フロントの前を通ったが、誰もいなかった。呼鈴を押す。しかし誰も出てこなかった。もう少し待ってもよかったかもしれないが、フロント係から先だって言われた言葉が頭にあった。水着なしでも構わない。ロビーには誰もいなかったし、エレベーターや廊下で他の客と出会うこともなかった。ホテル全体がしんと静まり返っていた。そのままプールに向かった。

ひとりで露天風呂を占有している気分だった。さすがに風呂よりは深さがあって、底に尻をつけて座ることはできなかったが、背中をプールの内壁にあずけ、首だけを水面から覗かせた姿勢で、じっと熱いお湯に包まれていた。首をめぐらすと、ゆらゆらと揺れる湯気の向こうに白い花が咲いているのが見えた。

なんの花だろう、と声が漏れていた。体がぬくもり、口元も警戒心もゆるんでいたにちがいない。

ところが、返事が聞こえた。

梅でしょうな。

そう言われてみたら、たしかに、と意識する前に応じていた。

まあ日本の梅とまったく同じものではないでしょうが、梅の仲間であることは間違いないでしょう。ここの人間とわたしらは見た目も言葉も食べてるものもちがいますが、まあ同じ人間であることに変わりはない。それと同じでしょう。

ぱしゃっとお湯の音がした。

目を細めて見たが、湯気の向こうの闇に無数の白い花が散りまかれるように咲いているだけだった。空には星はなかった。闇に湯気が吸い取られていく。

まさかこんなところで日本から来た人に出会うとは、と僕は言った。

それはこちらも同じですな、とその声は言った。老人の声だった。

お声が聞こえたときには耳を疑いました、とその声は続けた。

誰もいないと思って、ついひとりごとを声に出しちゃったみたいで、と僕は言った。

ご旅行ですか。

返事はなかった。ぱしゃっとお湯の音がした。

僕は旅行で来たんですが、こちらにお住まいなんですか。

しばらくしてから返事があった。

はじめは出稼ぎで来たんですよ。技術者が必要だってことで、お声をかけていただきましてね。

もうずいぶん長くおられるんですか、と僕は尋ねた。

ぱしゃっとお湯が鳴った。

いいお湯ですね、と僕は続けた。あたたまりますね。ときどき入りに来られるんですか。

ぱしゃっ。

僕の問いかけには答えず、老人の声のほうが訊いてきた。

いつまでおられますかな?

僕は答えた。

そうですか。それがいい。予定どおりに発《た》ちなさい。でないと帰れなくなります。

帰れなくなる?

お湯の音はしなかった。

もう少し待っていたら、お湯の音も声も返ってきたかもしれない。

でももう無理だった。のぼせてしまう。

プールをあとにするとき振り返った。硫黄のにおいに遮られ、梅の香はわからなかった。湯けむりに包まれた夜の底に人影はなく、ただ白い花たちが何かの爆発の瞬間の記憶のようにはかなく闇に広がっていた。

おぼろげなもの

嗅覚のすぐれたリサーチャーとしてリュックを紹介された。

嗅覚が鋭い、鼻がきく。

たとえだと思っていたら、必ずしもそうではないようだった。

さすがに百メートル先のにおいがわかるなんてことはないですよ。

リュックは言った。

小麦色の長髪が、頰から顎にかけてのやはり長いひげとつながって顔をぐるりと取り囲み、狭い額、そして付け根のあたりから力強く隆起した太い鼻とあいまって、ライオンみたいな顔だと思った。

ライオンって嗅覚にすぐれた動物なのだろうか。人間よりははるかにすぐれていそうだけれど。

あるにおいを感じたとき、それと同じものをどこで嗅いだことがあるか、そのときの状況とか感じ考えていたことを、きわめて高い解像度で思い出すことができる、といったようなことをリュックは言った。

つまり、紅茶に浸したマドレーヌの香りが、過去の記憶をわっとよみがえらせるように？

そう尋ねると、とりわけ文学や芸術の分野に詳しいリサーチャーであるリュックは小さくほほえんで頷いた。

でも、それって本人にとっては感慨深いのかもしれないけれど、それ以外の人にとっては何の役にも立たないのでは、と喉元まで出かかったが抑えた。とはいえ一言言わずにはいられなかった。

それがリサーチに役立つってことですよね……？

いや、まったく役に立たないですね、とリュックは言った。たてがみが、たぶん春の陽気を含んだ風にふわふわ揺れていた。「いったい何を言うんだろう、この人は」といった軽い驚きと訝《いぶか》しさが瞳に浮かんでいた。

なんでこんな話になっているんでしょうね、と僕は言った。

ずいぶん遠くまで鼻がきくそうですね、とあなたが尋ねたからだと思うのですが……、とリュックは遠慮がちに答えた。

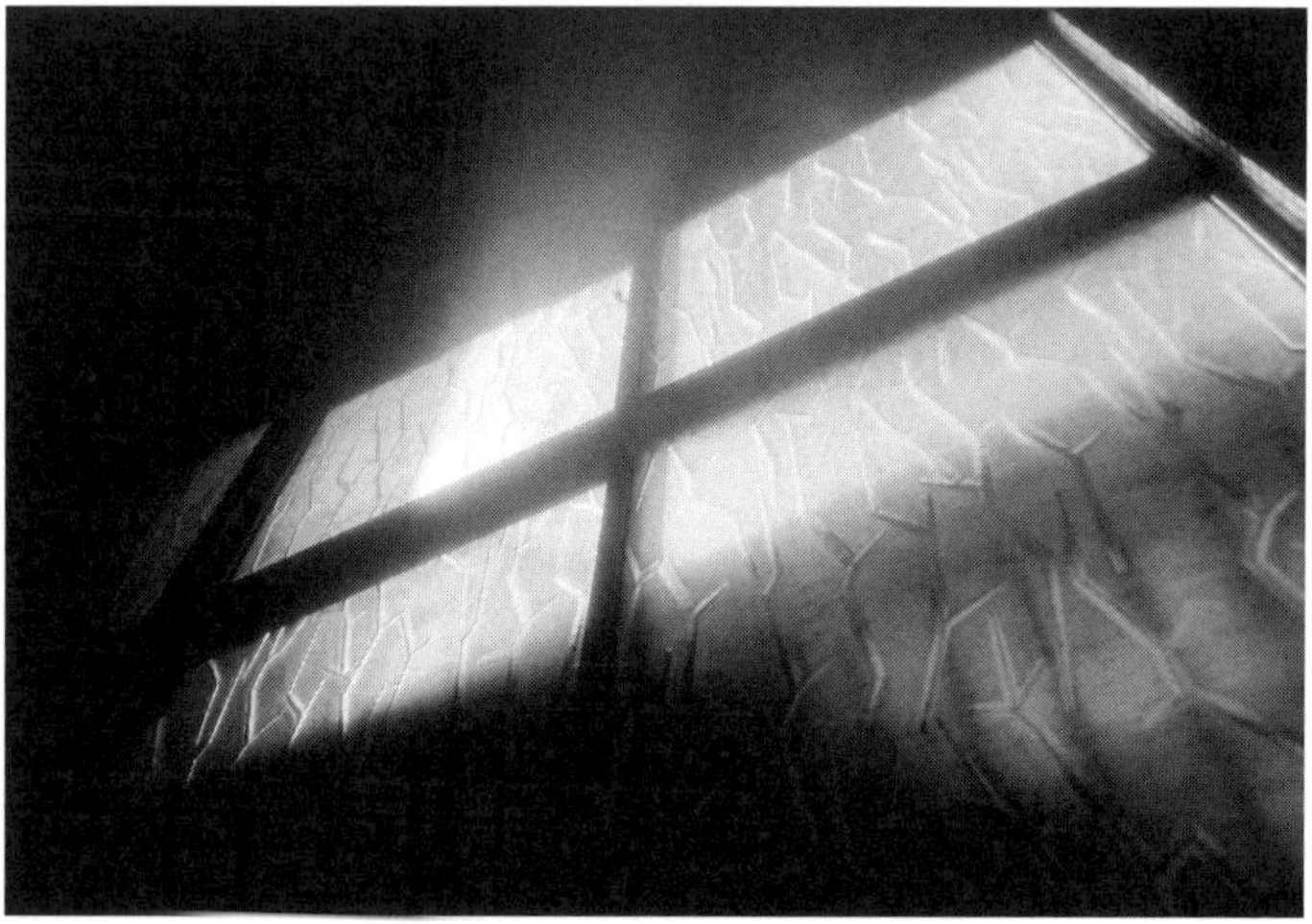

やりとりが嚙み合わない感じがしていた。回線状態が不意に悪くなって、声が途切れることが何度もあった。

画面に映った、Tシャツに黒い革ジャン姿のライオンのような風貌の男は、いかにも思慮深そうな深いまなざしもあって、ワイルドな賢者に見えた。

彼はフランス風にリュックと名のったけれど、紹介してもらったパリ在住の映像作家からは、ちがう国の出身だと聞いていた。

フランス語は第一言語じゃないよ、上手だけどね、とその人は言った。僕がさらに詳しく尋ねようとすると、あれ、あなたはそんな野暮《やぼ》な人だったっけ、と画面の向こうで目を丸くした。

どこの出身であろうと関係ない。大切なのはいま何をしているか、これからどこに向かおうとしているかじゃないのか。移民や難民に寄り添うドキュメンタリーを撮ってきた映像作家から叱《しか》られている気がした。

すでに何度も仕事をしていて、信頼できる有能な人。鼻がとてもきく……。

その言葉を思い出すと、なぜかケバブのにおいが鼻腔に広がった。映像作家からリュックのことを教えてもらう直前、近所のケバブ屋で買ってきたサンドイッチをパソコンの前でぱくついていたからだろうか。

リュックなら、きっと手がかりを見つけてくれるはず。僕は映像作家の言葉を信じて、連絡を取ったのだった。

僕が探していたのは、あるひとりの画家だった。存命しているのかもすでに亡くなっているのかもわからなかった。

まったく無名の人である。画家と僕は言ったが、実際、周囲に彼女が絵を描いていることを知っていた人がいたかどうかも怪しい。

留学中にお世話になった詩人の家を久しぶりに訪れたとき、暖炉の上に葉書より少し大きな絵が置かれてあった。もともと居間には写真や絵がたくさん飾られてあったが、見たことのない絵だった。

暗い夜の街が描かれ、不格好な布製の人形を思わせる女性と子供が描かれていた。母と子だ。直感的にそう思った。母のわが子の手を握っていないほうの手には大きな旅行鞄《かばん》があった。

やはりなんの根拠もなかったけれど、確信していた。

逃げようとしている。

彼女たちに迫ろうとしているのが迫害なのか戦火なのかはわからないが、逃げようとしている。

これは？　誰の絵なの？

詩人はある画家の名前を教えてくれた。

聞いたことがないなあ。

そうだろうね。私も知らなかったんだ。最近亡くなった友人の版画家からもらったものなんだよ。

その友人を偲《しの》ぼうと飾った、ということなのだろうか。

なぜかわからないが、僕はその絵に強く心を惹かれた。その気持ちは日に日に強くなっていった。

その画家について調べてみた（といっても、まずはネットで検索なのだが）。しかし僕の力では痕跡すら見つけられない。

スマホに保存したその絵の画像を一日に何度も見つめるようになった。そして映像作家に助力を求め、リュックを知るに至った。

依頼を受けたリュックは僕が詩人から貰った絵の画像をもとに調査を始め、ひと月もしないうちにメールが届いた。驚いた。

画家の絵を所有している人を何人か見つけた、と。

しかしその後、連絡がぷつりと途絶えた。何度もメールを送ったが返事はなかった。

映像作家にもメールを送った。それどころではないのはわかっていた。大量の難民が日々生まれている。

でも消えた画家の消息は、リュックと映像作家の安否を尋ねる口実になった。返事はないだろうなと覚悟していた。すると、映像作家からはそっけない返事があった。そこには、ただ「東に向かうところ」とだけ書かれていた。

花を咲かせる

緑の多いところだった。

といっても公園が充実しているということではない。公園など特に必要もなかったのだろう。街全体に緑が少ないとき、公園の緑と出会うことは、深く息を吸い込むのと似ている。次の公園に出会うまで、肺に溜められたその空気で歩かなければならない。だとしたら街路という街路を縁取る緑は、規則正しい呼吸のようなものだ。途中で息苦しくなることもない。いくらでも歩き続けられる気がする。

ホテルから書店までの道のりは七割方は坂道だったけれど、まったく苦にならなかった。あとから二十分近く歩いていたことに気づいて驚いた。

歩道に連なる木々を見送り、木々に見送られているうちに、あっという間に着いたというのが実感だった。しかも季節柄、木々は思い思いに花を咲かせて歩行者を迎えてくれる。赤、ピンク、白、紫、黄……。

この花は見たことがある。そう思うものの名前がわからない。

日本語では言えない。

では、その土地の言葉では？

ますますわからない。

歩道に立って、木々の緑、いや、より正確には赤やピンクや白の大小のドットが混じる緑を眺めていたとき、ふと視線を感じた。

目を上げると、モダンな赤茶色の建物の二階の窓辺から一匹の犬がこちらを見つめていた。

地上から見上げただけでも、裕福な人たちの暮らすフラットだとわかった。あれはたぶんリビングルームの窓だろう。中型犬は窓際に置かれた大きな革張りのソファの背もたれの上に前脚を置いて、外を眺めているのだ。

犬もまた街路樹の花を眺めていたのか。そこに僕がやって来たのか。

三角形の耳はピンと立ち、ふさふさした毛には白と茶が混じっている。

目が合う。しばらく僕たちは見つめあっていた。

でも僕は書店に行かなければならなかった。

犬に手を振ってから（犬からは何の応答もなかったが）、ふたたび書店に向かって歩き出した。

木々がやはり孤独なよそ者に同伴してくれた。

早めに書店に着く。木造の平屋の大きな書店で、外から見ると倉庫のようでもある。しかし中に入ると一転、居心地のよい空間が広がっている。書棚と書棚のあいだには十分なスペースが確保され、天井には明かり採りの窓がある。

入ってすぐ右手の壁沿いの棚には、自然に関連する本が並べられている。しばらく植物の図鑑でも眺めてみようかと思ったが、すぐにイベントスペースに行くことにした。

開始まで二十分近くあったが、よい席を確保したかった。店の奥にある階段を下りた地下に、イベント用のスペースはあった。

ところが予想に反して人がいなかった。まだ二人しかいない。いちばんうしろの列の椅子に、あいだをあけて座ったその人たちは、親しげに話をしていた。

白髪の男性のほうはすぐにわかった。イベントの司会を務めることの多いベテランの書店員だった。何度か喋ったこともある。

もうひとりはゲストの作家？　いや、作家の顔は知っていた。明らかに別人だ。

男は僕に気づくと、にっこりと笑顔を浮かべて、「やあ」と手を上げた。僕も「やあ」と手を上げ、振り返った書店員に尋ねた。

早すぎましたかね？　きょう、イベントありますよね……？

もちろん、と言って書店員はほほえむ。そして、こちらは……とかたわらの男性を紹介してくれる。

書店のなじみの客で、スペイン語からの翻訳をしているとのことだった。

あ、でも、きょうのゲストの作品の翻訳者ではないんですよ、と男性は補足する。

自身が翻訳している作家の名前を教えてくれたが、残念ながら知らなかった。今後のために
と名前と作品名を教えてもらってメモを取る。

ところで、お二人は何の話をしていたんですか。

あ、きょうのゲストの作家の書いた短篇のことだよ、と書店員は言って、手に持っていた本
を見せてくれた。

その日のイベントでは、最近出たばかりのこの短篇集について作家は語ることになっていた。

どんな短篇なんですか。

いや、それがね、と言った翻訳者はこらえきれずに、ふふふと笑った。

ある詩人が詩集を刊行して、とある書店で朗読会をすることになる。ところが……。

ところが？

翻訳者に目配せされた書店員が続けた。

詩人がいっこうに会場に現われないんだよ。

僕は無人の椅子の列を見渡して言った。

笑えないですね。誰の視点から書かれているんですか？　詩人ですか？

いいや、と書店員は苦笑らしきものを口元に浮かべて答えた。イベントにやって来た客のひとりが語り手なんだ。

詩人に何が起きたんですか？

すると翻訳者が横から訊いてきた。

それ、本当に知りたい？

僕は書店員の手のなかの短篇集を見た。表紙には薄いクリーム色を背景に花弁の大きな赤い花が描かれていた。その花は書店員の親指の先から咲いているように見えた。

作家、ちゃんと来ますよね？

もちろん、と書店員は言った。

それは何の花なんでしょう？

書店員は本の表紙に視線を落とした。どういうわけかその顔は、歩道に立つ僕を見下ろしていたあの犬の顔に似ていた。

茶色い毛並み

さわさわと新緑が風に揺れていた。

人里から離れた山中に暮らす詩人を訪ねた。

かねがね愛読していた十数人の詩人を訪問し、じっくり話をうかがい、それらをまとめて一冊の本にする。それが当初の目論見だった。

ところが計画はまったく進展していなかった。

詩人たちの話がつまらなかったから？　書かれた詩においては雄弁な詩人が驚くほど口下手だったから？　言葉よりも沈黙のほうが印象的な詩の書き手が、ひどいおしゃべりだったから？

ちがうちがう。そもそも詩人たちに会えないことが多かったのだ。予定していた詩人たちのうちのいったい何人に会うことができただろうか。

ちゃんと約束を取りつけていなかったから？

いやいや、そんなことはない。前もって必ず連絡をしていた。その点は、詩人との面会も歯医者や銀行の予約と変わるところはない。

言葉が通じていなかったのでは？

たしかに。詩人たちが使用する言語は、英語やフランス語など僕の第一言語ではなかった。また英語やフランス語への翻訳を通じてしか知らない詩人もいた。その場合、詩人と僕とのやりとりはおたがいにとっての外国語を通じてなされることになる。意思疎通がうまくいかない場合もあるだろう。それがわかっていたからこそ、ていねいに準備をした。あらかじめ何度もメールや電話で、ときには手紙で確認をした。

ネットとは無縁の生活を送っている詩人もいたのである。今回の詩人のように。しかし周囲の緑とその色にほんのり染まった空気に包まれた細い道に、注意深くレンタカーを走らせてたどり着いた一軒家には誰もいないようだった。

ちゃんと約束できていたと思っていたけど、やはり意図がうまく伝わっていなかったのでは？

でも詩人からの返事の手紙には、読みやすい筆跡で日時はきちんと書かれて……そのとき気づいた。

さっきから時おり聞こえていた問いは、僕自身の内側から湧いてきているものだと思っていた。

しかし、どうもちがう。問いを発するその声は、明らかに僕の声ではない。誰かが、あるいは何かが意識に混じり込んでいる。

それが何なのかはわからなかったが、ぶるぶると頭を振ってから、あたりを見回し、声の主を探した。

詩人の家は、簡素な作りの平屋だった。家を支える木の柱がむき出しになり、壁には白い漆喰《しっくい》が大胆なストロークで塗られていた。その壁に沿って大きな水甕《みずがめ》が三つほど置かれていた。家の前には菜園があり、野菜たちがやわらかそうな緑の葉をたがいにいたわり激励するように重ねあわせていた。葉たちの声とは思えなかった。

家の背後には樹木が鬱蒼《うっそう》と茂っていた。風が吹くと、さわさわと葉がささやいた。

しかしそのささやきは、滑らかな空間の表面に線を引き、小さな点を穿ち、あるいは空間そのものを深く貫くように聞こえてくる鳥たちの鳴き声と同様に僕にはまったく理解できないものだった。

意味はわからないが、耳に心地よい鳴き声は、どれひとつとして同じではないのだから、鳴き声の変化によって時間の推移を感じさせてもおかしくないのに、むしろ逆で、ひとつひとつの声はときに単独で、ときに重なりあいながら、どれも美しさの印象だけを残して忘却の淵に吸い込まれていき、あとには静謐《せいひつ》な水面のように静止した時間だけが、あるいは永遠だけが残されていた。

家から数メートルほど離れたところに一本の大きな木があり、その根元に何かがいた。丸められた背中が見える。猫にしては大きい。猪にしては膨らみが足りない。さわさわと葉のこすれる音に茶色の毛並みがやさしく撫《な》でられていた。眠っているのだろうか。茶色の体の表面はゆっくりとかすかに上下していた。

いや、寝ているふりをしているだけなのかもしれない。

さっきから僕に問いを投げかけていたのが、この茶色い毛並みをした動物だとしたら?

こんにちは、と僕は声を上げていた。誰かいますか?

声がやたらと大きく響いた。

茶色い毛並みが一瞬逆立ったように見えたが、気のせいだったかもしれない。

近づいて確かめればよいだけだろうが、なぜか足が前に進まなかった。いや、前に進むどころか、家の前の空き地にとりあえず停めておいたレンタカーのほうに後ずさりしていた。左手はほとんど車のドアに触れていたし、右手はポケットを探りスマホを取り出していた。そしてスマホの画面はここが圏外であること示していた。

空き地には屋根付きのガレージがあり、そこには車がなかったから、詩人が不在であることは一目瞭然だったのだ。もしかすると来客を、つまり僕をもてなそうと、車で買い出しに出かけたのだろうか。誰もがすぐに気づくことだが、彼の詩には人々が食事を囲んでいるとおぼしき光景がたびたび登場する。実際にそういう人なんだよ。そう詩人を知る人からも聞いていた。

そういうことなのだろう。

ここに来る途中で見かけたショッピングモールのことを思い出しながら、もうしばらくここで待ってみようと考える僕はすでに車のなかにいて、ハンドルに体を預けたまま、何かの拍子にいちばん小さなアンテナが一本立つこともあるスマホの画面と、緑の枝葉を惜しみなく広げる一本の木の根元にうずくまった茶色の毛並みの塊を、交互に見つめていた。

波紋の描くもの

二人を降ろしたあと、詩人の運転する車は森と畑のあいだを抜け、トラクターを追い越し、やがて小さな村に着いた。その道すがら助手席に座った僕は、きれいなところですね、と何度も言った。サングラスをかけて前を見つめる詩人からは、とくに返事も相槌もなかった。

車が白い漆喰塗りの平屋の前に停まると、玄関から空色のポロシャツを着た三十代くらいの若いアジア系の男性が出てきた。詩人のパートナーだった。

はじめまして、とこの国の言葉で挨拶すると、「はじめまして」と日本語で応じられた。

「日本の方なんですか」と驚いて尋ねると、すらりと長身の男性ははにかんだような笑顔を浮かべて、首を振った。

「日本語がわかるんですか」と問いをかさねると、顔の前で小さな羽虫を指でつまむような仕草をして、「ちょっとだけ」と言った。

僕たちの脇を、スーパーで買った食材がどっさり入ったバッグを抱えた詩人が通り過ぎるとき、その白い髭《ひげ》で覆われた横顔がほほえんでいるように見えた。

その後、家の中庭の木陰に置かれたテーブルを囲んで僕たちはゆっくりと時間をかけて食事を楽しんだ。食後には詩人のパートナーが焼いたガトー・ショコラが出てきた。コーヒーは詩人がネルドリップで淹れてくれた。詩人はかつて、ある財団の招きで日本に半年ほど滞在したことがあった。そこで毎日のように通っていた喫茶店でネルドリップに出会ったという。

二人はそのとき日本で出会ったんですか、と尋ねると、詩人とパートナーは顔を見合わせた。

まさか、と詩人は言った。わたしが日本に呼ばれたのは、もう三十年も昔の話だよ。そしてパートナーのほうをいつくしむように見つめて言った。きみはまだ生まれてもいなかったんじゃないか。

ご冗談を。さすがに生まれてるよ。僕はそこまで若くないよ。

そう言ってパートナーは、椅子の肘掛けに乗せられていた詩人の手に自分の手を重ねた。

風はなかったけれど、暑くはなかった。降りそそぐ木漏れ日が僕たちの心を静めてくれた。

だからだろうか、そのときまで僕はあの二人のことをすっかり忘れていた。詩人とパートナーが何の話をしているのかしばらく理解できていなかった。

誰の話をしているんですか、と僕はついに尋ねた。

途中で車に乗せたでしょう？　あの二人の若者のことですよ。

ここに来る前、詩人と僕は一緒にスーパーに買い出しに行った。世界中どこにでもある、たがいによく似た巨大なスーパー。パーキングを出てすぐのところで、中身のいっぱい詰まった大きな袋を両手にぶら下げて歩道をとぼとぼと歩く二人に気づき、詩人は車を停めた。

二人がすぐに乗り込んできたから、もともと知り合いなのだと思った。それはたぶん、詩人の詩とも随筆とも分類しがたい作品のなかで、この光景にすでに出会っていたからにちがいない。

作品の「わたし」はスーパーに行けば、レジ係のアフリカ系の店員たちと親しげに近況を尋ねあう。そして実際に僕の目の前で詩人は、商品のバーコードを読み取る眼鏡をかけた細身のアフリカ系の若者に親しげに話しかけ、レジ係の若者は嬉しそうに笑いながら応じた。僕たちのうしろに立っていたアフリカ系の若い女性も大きな赤い指輪とブレスレットの目立つ手を口にやって笑っていた。あとから何が面白かったのかと笑いのツボを尋ねるのは無粋なので黙っていたけれど、作品通りの現実を目撃したことの喜びを静かに噛みしめていた。

車に乗り込んでくるときに、ありがとう、と詩人に声をかけた若者二人は、その後ずっと黙っていた。詩人も何も言わずに運転していた。つけていたラジオはローカル・ニュースに変わり、数日前の洪水の被害について報じていた。作品のなかでは、ニュースは移民差別的な極右政党が地方選挙で議席を獲得する見込みについて報じ、いつもの交差点を曲がるのを忘れるほど詩人をひどく不安にさせるのだが、僕と二人の若者を乗せた詩人は道を間違えることなく橋を渡り、倉庫がぽつぽつと建ち並ぶ区域に入り、しばらくして車を停めた。二人はもごもごとたぶん、ありがとう、と言って降りた。僕の記憶が確かなら、彼らは大きな袋を両手に提げたまま林のなかに消えていき、それも詩人の書いていたとおりだと僕は思った。

車がふたたび発進するまで少し間があったことを思い出した。詩人は二人が木々のあいだに見えなくなるまでまなざしを向けていたのだろうか……。

コーヒーを飲んだあと僕たちは散歩に出かけた。

詩人の自宅から少し歩いたところに川がある。土手の整備された並木道が尽きるところから川べりに降りていく。これも詩人の作品通りだった。ただ作品のなかでは、柳の葉が揺れる木陰で詩人と詩人の愛する人と並んで清流を見つめているのは、僕ではなかった。

むろんそれがあの車から降りた二人なのかどうかも定かではない。いずれにしても、アフリカからやって来た二人は、とつとつと彼らの言語ではない英語で、ここにたどり着くまでの困難な道のりについて語るのだ。

詩人の愛する人が、どのような経緯でこの国に暮らすようになったのかは知らない。しかし作品のなかでは、「きみ」と呼ばれる澄んだまなざしの愛する人は、その夜遅く詩人にささやくのだ。故郷をあとにせざるをえなかった者たちの声となったせせらぎにじっと耳を傾けながら、水の流れが次々と描き出すどれひとつ取っても同じものではない模様から目を離すことができなかった、と。

暗い部屋のなかで

暗かった。そこが部屋の中だということも最初はわからなかった。人が立っていた。男が二人？　足元で何か闇と見分けのつかないものがうごめく。床にはほかにも、うずくまっているのか倒れているのか、とにかく何かがいる。何かではない。闇に紛れた動かない塊。場所によってはいくつも折り重なっていた。大きいものが小さいものをかばっていた。あるいは小さいものが大きいものから離れまいとしていた。年齢も性別も関係なかった。そのうち床が暗い光を放っているのが見え、床一面が濡れているのがわかり、そのため、すでに動くのをやめていたり、間もなく動くのをやめようとしているものが、その濡れたものによって結びついているのがわかった。まったく動かなくなってかなり経つものや、まだときに、ほんのかすかながらも痙攣《けいれん》的な動きを示すものから、ほとばしり出たり、しみ出したりしているものは、土埃や泥、まだこの空間から立ち去ろうとしない闇と分かちがたく混じりあっていた。それがどこから、どの体から流れ出したものかを突き止めることができなくとも、できないからこそ、少なくともそれを流したのは、奪われたのは、誰だったのかを、ひとりの例外もなく知らなければならない。

そのようなことを、水中に射し込んだ光さながら、天井の近くで薄明かりが揺れ、ゆっくり確実に広がっていく部屋の中央に立った二人が実際に、あるいは心中で、呟《つぶや》いたのか叫んだのかはわからない。はじめ男だと思った二人の顔をよく見ると、言葉にしようとかりに試みても言葉から途方もなくはみ出してどうしても伝えることのできないものによって表情そのものを奪われた顔でしかなく、その下のほうでは口が半開きになっていて、絶対に見つからない言葉を探しているというよりは、なぜか失われた酸素をただ探し求めているかのようだったので、やはりこの部屋は本当に水のなかに沈んでいるのかもしれないと思った。なのに部屋の上のほうでは薄い光が、得体の知れぬ何かの呼吸そのものの表現のようにゆらゆらと膨らんだり凹《へこ》んだりしている。苦しそうに喘ぎながら立ち尽くす二人にとっては皮肉なことだった。

二人の切れ切れの呼吸音は聞こえてこなかったから、恐ろしいほどの静寂しかなかった。

こちらまで息苦しくなってきた。真空では音が伝わらないというが、純粋な沈黙は音という音を周囲の空気もろとも吸い込んでしまうものなのかもしれない。

僕の見つめる画面はさっきからずっと室内を映していた。カメラはきっと三脚にでも固定されているのだろう。画面そのものが揺れることはなかった。そこに映し出された部屋の上部からゆっくりと闇が薄れていき、中央に立ち尽くす二人の顔は見えているのだが、胸から下に広がる闇が薄まることはなく、そのために部屋の全貌はわからなかった。

いや、単に見ようとしていなかっただけなのかもしれない。

いつまでこの場面は続くのだろうか。続かなければならないのだろうか。もう一時間は経っていただろう。

停止ボタンを押した。画面の上部にたゆたう光の動きが止まった。

深いため息をつくと立ち上がり、画面から離れた。

部屋は、つまりそのとき僕がいた部屋のなかもまた、暗くなっていた。窓を見ると、僕と室内がガラスに映っていた。背後でパソコンの画面が淡い光を放っているのが見えた。そこにはあの部屋の映像が映し出されている。そのうちスリープモードになり、ふっと画面から光が失われると同時に、僕がいる部屋も闇に包まれた。

恐ろしくなって窓に手を伸ばすと、もうひとりの僕も手を伸ばし、僕たちの手が触れあい、窓が開け放たれた。一瞬で僕たちは消え、外からじっとりと重い夏の夜気が侵入してきた。

時間そのものに音があるとしたらこんな音なのか、途切れることを知らない虫たちの声が聞こえた。遠くではときおり空がゴロゴロと鳴っていた。トウモロコシ畑も林も闇に包まれて見えなかった。

数日前から、友人の詩人が夏になると過ごす家に滞在していた。時差ボケのせいで眠れないまま朝を迎え、コーヒーを飲んでから、詩人と愛犬のトビーとともに田舎道を散歩した。午後には、あとから合流することになっていた詩人の妻を迎えにいちばん近い町の駅まで車で行く予定だった。ところが激しい睡魔に襲われて、僕は家に残ることにした。

目覚めると夕方だった。詩人も妻の姿もなかった。トビーもいなかった。でも詩人は家を出るとき、トビーは連れて行かなかったはずだ。

ぼんやりとした頭のままパソコンを開き、詩人が家を出る前に僕に送ったメールを見つけた。

きみはぐっすり眠っているので、妻とトビーとちょっと歩いてくる。これは、妻が代表を務めるＮＰＯのイベントで上映した作品。今朝、散歩しながら話したとき興味があると言ってたよね？　もしよかったら。

そこに付いていたリンクをクリックした。そして暗闇に包まれた室内にゆっくりと運ばれて行った。

雷鳴が近づいてきた。窓の外には闇が広がっていた。虫たちの代わりにトウモロコシ畑が激しく鳴っていた。突風が吹き、ガラスが割れそうなほど大きな音を立てて窓が閉まった。衝撃でパソコンが目覚め、画面の薄明かりが、室内と僕をガラスの表面に連れ戻した。トビーが吠えた。二人の声が聞こえた気がした。

誰のもの？

川岸に見たことのない人たちが暮らすようになっていた。

子供たちは持ち前の好奇心と率直さで、ねえねえ、あの人たちはどこから来たの、と周囲の大人たちに尋ねた。とはいえ、川のそばで煮炊きをしたり、木々のあいだに力なく渡された紐に川で洗った衣類を干したりしている人たちに近づき、面と向かって尋ねるほど大胆な子はおそらくいなかった。

自分たちと見た目がまるでちがうそうした人々が怖かったからではない。遠くから聞こえてくる話声が笑っているときですら耳慣れぬ異郷の響きだったから、話しかけたところで通じないと察したからではない。それもあったかもしれないが、間違いなくそれだけではない。まだ言葉に欺かれるほどには言葉に習熟していない子供たちは、いずれ親たちに教えられるか、直接教えられずとも生きていくうちに自然に理解することになる事実をすでに感じ取っていたのだ。

つまり、この土地で生まれ育った子供たちの親たちもまた、彼らの親たちに手を引かれ、また親をすでに失った子らであれば年長者たちに助けられながら、この川岸にたどり着いた者たちだった。かりに子供たちの親たちがそのような経験を知らずとも、親たちの親たちが、あるいはさらにその親たちが、遠い地で起きた戦乱や、自然が引き起こした災害によって住み慣れた土地にいられなくなり、うしろ髪を引かれつつ逃げてきた者たちだった。

むろん、つねに一定数はいるものだが、そのことに気づいていない無邪気な子供たち、忘れっぽい親たちに負けず劣らず忘れっぽい子供たちは、それでも体の大きな大人は怖かったからか、自分と同じくらいの背格好の子供たちに石を投げつけたりした。

でも本気で狙っていたわけではなかった。だから石が当たって泣き出す子を見て、一緒にわんわん泣く子もいた。けれど投げ返されたことにカッと腹を立てて、次からは狙いを定めて石を投げる子もいないわけではなかった。

小石を握って投げつける代わりに、心ある親たちがそうするのを間近で見ていたからか、そうするように言われたからか、食べ物や衣類や薬などを手に川岸に暮らす人たちのところに足を運ぶ子供たちも少数ながらいた。すると、あばれ馬のような嬉しさを警戒心で押さえつけるようにしながら、お菓子やおもちゃにおずおずと近づいてくる同じ年頃の子供たちと目が合った。川岸の土地の言葉で「ありがとう」と言える子もいれば、恥ずかしそうに顔を真っ赤にした子、母親や父親の腰のうしろに顔を押しつけたまま何も言えない子もいた。その様子に、川岸の子供たちも同じように恥ずかしさと喜びから真っ赤になった顔を大人たちの背後に隠すことになった。そのために両者の視線がじっくりと出会うことはなかったし、伝わらない言葉を交わしあうこともさほどなかったにもかかわらず、いつしか子供たち同士の心は通いあうようになっていた。

そんな話を書いていたのは、甚大な水害のために長年暮らした川沿いの家を離れ、いまは親戚の家に身を寄せる高齢の作家だった。

どこからか川岸にやって来て住み着いた人々との交流が彼女の小説にはよく描かれた。語り手の女性が過去を回想する形式の小説の場合だと、作家はみずからの体験にもとづいてこの物語を書いたのだろうと考えるのが読者の自然な心の傾きだろう。実際、そのような読み方をする書評がほとんどだった。興味深いことに、自作を自伝的だと評されるのをいやがることで知られた著名な男性作家ですら、彼女の小説は祖母から幼いときに聞いた話にもとづいていると断言していた。

画面越しに「あなたご自身の体験なのですか」と尋ねてみたが、答えはなかった。聞こえていなかったのか、あるいはこちらの発音が悪かったのか。プリントアウトして手元に置いた質問文をもう一度ゆっくり読み上げてみたが、やはり返事はなかった。沈黙が続いた。画面の外側から食器がかちゃかちゃ鳴る音が聞こえていた。彼女が身を寄せた姪が、コーヒーか紅茶でも淹れようとしているのかもしれない。晴れた日曜日の朝だった。彼女は大きな窓を背に座っていたが、光に満ちた窓の半分は、何の木なのだろうか緑の葉で覆われていた。

あなたご自身の体験ではなかったとしたら、誰の体験なのでしょうか。ご両親は難民だったと聞きましたが……。

「すごい雨でしたよ」と作家は言った。「あんな雨は生まれてこの方経験したことがありません。まさかあの川の水があんなに増水して氾濫するなんて。二十五年前の洪水のときでさえ水浸しになった家はあっても堤防が決壊して村が呑み込まれるなんてことはなかったのに……」

「ご無事でよかったです」

作家は何も言わなかった。

その川だったのですか、と尋ねてもよかった。あなたの小説のなかで語り手たちが、災厄を逃れてよその土地からやって来た人々と出会い、彼らを助け、ときに憎み、それでも結局はともに生きていくことを学ぶ出発点はその川のほとりだったのですか。

作家が口を開いた。静かな水面に描かれる渦のような声だと思った。

誰のもの？　誰のもの？　誰のものでもない。でも誰のものでもある。

お手紙をいただいて

その家をどうしたらよいかわたしたちは話し合いました、と手紙には書いてあった。

姉は売ったらいいのでは、と言いました。意外でした。誰も住んでいないのなら自分がもらう、と言い出すのではないかと覚悟していたからです。そのくらいのことは、いけしゃあしゃあと口にするずうずうしい人なのです。

姉はずっと都会に暮らし、地方には何もないというのが口癖でした。それでもヴァカンスになると、友人たちが地方に所有している別荘によく滞在していました。乗馬しただのヨットに乗っただのパラグライダーで飛んだだの、いかにも「もう飽き飽き」といった口調で電話をかけてきました。でも写真は一度も見たことがありません。

姉は決して几帳面《きちょうめん》な人ではありません。というか、だらしない人です。

子供の時分から片付けが苦手でした。服など脱いだらその場に置きっぱなし。床の上にくしゃっと丸まった下着とズボンと靴下の塊は、得体の知れない動物の残した大きな糞にしか見えませんでした。筆記具だろうが本だろうが資料だろうが(ご存知のように姉は作家でした)化粧品だろうが、使ったものを元の場所に戻したことはありません。ところが、姉の言葉を信じればの話ですが、姉のような人をわざわざ別荘に招待する奇特な人たちが世のなかにはけっこういるのです。理解を超えています。

わたしなどは姉と一緒にいると十分もしないうちにいやになります。息苦しくなるのです。頭が痛くなり、目眩《めまい》がし、吐きそうになります。欲深く嫉妬深い姉にわたしが吸うべき空気までも奪われてしまうからです。空気だけではありません。感情まで奪われてしまいます。「あらら、なんか死んだ魚の目みたいな目になって」「あれま、どうした? 顔から目とか鼻とか口が消えてるよー」と言うと、情感たっぷりの仕草で口元を両手で覆って、ふへほへほへほへひひひ、といびつな鐘でも鳴らすような笑い声を上げて、喜びと軽蔑で瞳を輝かせるのです。

わたしの顔を石仮面に変えたのは、あなただよ、という心の声さえも、姉がそばにいるだけで崩れて形になりません。心が凍りつき、怒りはむろん、あらゆる感情の炎が消えてしまうのです。火がつかないのは酸素がないからです。だから姉は、わたしの肺が受け取るべき空気をやっぱり略奪しているのです。そうやってわたしの命を奪おうとしているのです。わたしに死んでもらいたいのでしょうか。でもわたしから何もかも奪うことが姉の生きがいなのだとしたら、姉はわたしに生きてもらわないと困るはずです。死なれたら何も奪えません。だからわたしが姉に対して復讐しようと願うのなら、いちばん手っ取り早い方法は、姉に奪われる前にみずからこの命を奪うことでしょう。ところが、お気づきのとおりです。復讐心そのものがすでに奪われているのです。復讐には強い負の感情が必要です。でも、そんなエネルギーはわたしにはありません。はなから姉に奪われているのです。手も足も出ません。手や足を動かす力もありません。ソファで小さくなった（座っているのか横になっているのか、とにかくまだ消えてはおらず、ただそこにあるというだけの）みじめなわたしの耳に、というか無気力で無表情の肉塊のどこかに穿たれた小さな穴に、姉のくねくねと勢いよくうごめく、ぼってり肥えてぬるぬるした蛇だかウナギのような声が潜り込んできます。あのいやらしい笑いが粘液となっていやな感触を残します。ひひほほへへへははふふひひひーっひーっ……。

ここまで読んで、僕はかなり困惑していた。手紙の最初のほうに言及されていた「家」はいったいどうなったのだろうか。その話が語られるのかと思っていたら、手紙の送り主は「姉」のことをつらつらと書き連ねていた。

手紙によれば、姉のそばにいるだけで感情が失われるということだった。とはいえ、この手紙から伝わってくるのはまぎれもなく感情だった。姉に対する非常に強烈な負の感情だった。だから、こんな手紙が書けたということは、少なくともそのときはお姉さんは近くにいなかったということなのだろう。

もう一度封筒を手に取り、差出人を見てみた。知らない名前だった。

そこでふと思い出した。括弧に入れられていたが、手紙にははっきり書かれていたではないか。「ご存知のように姉は作家でした」と。

「作家だった」という表現が気になった。作家を辞めた、ということだろうか。しかし作家は定年のない職業だろう。断筆とか引退を宣言でもしない限り、人は死ぬまで作家であり続けることができる。では手紙の送り主の姉はすでに亡くなっているのか？

「ご存知のように」という表現も気にかかる。この姉は誰もがその名を聞けば「ああ、あの……」と肯《うなず》くような著名な作家なのだろうか。それとも、この作家は僕がどこかで出会ったことのある人なのだろうか。もう一度封筒を見る。しかし、その作家を姉に持つこの人の名前も住所も筆跡も何も訴えてこない。

いや、筆跡はこちらの困惑をさらに深めるばかりだった。便箋に綴られた手書きの文章を見つめる。そこから発せられているのが恨みつらみ、息苦しさ、生きづらさ、といった負の感情ばかりであることがとんでもない間違いなのではないかと思えてならないほど、さわやかで伸びやかで美しい文字が続いていた。

だから意味さえ奪われさえすればよかった。

すると、それらの文字は幸福な少女たちのように、屈託のない明るく澄んだ笑い声を楽しげに響かせながら、行儀良く一列になって進んでいった。

黄金の光に包まれて

着いてから一週間は雨が続いた。

雨脚はそれほど速くも力強くもなかった。ささやき声のような雨だった。嘆きも恨みも感じられない。ただ慰撫している。しかし、ずっと慰められてばかりいても気は滅入《めい》るものだ。

強い風が吹くと、その瞬間を待ちかねていたかのように、黄色い葉が次々と枝から空に旅立った。雨にも打ち落とされず飛翔した。

木々が葉を落とし始めたおかげで、林の奥に建物があることに気づいた。夏のあいだは緑の葉の茂りに遮られて見えなかったはずだ。その当時気づいていたら受ける印象はずいぶん違っていただろう。しかしいまは、冷たい雨もあってか、建物はずいぶん寂しそうに見えた。

建物としか呼べなかった。とても家には見えなかった。少なくともこの地域に見られる住宅とは異質だった。かといって家畜小屋とか倉庫にも見えない。滞在していたコテージの窓からは、木々の枝の錯綜《さくそう》に遮られて全貌は見通せなかったけれど、打ちっぱなしのコンクリートで覆われた箱形の構造物のようだった。僕から見える側は窓も開口部もなかった。ただのコンクリートの壁。

何かの研究用の施設なのだろうか。たとえば建物が位置しているのが小高い丘の上で、上部がドーム型でもしていたら天文観測台と思ったかもしれない。しかし黄や赤の葉に視線は遮られた。白衣を着た（なんという残念な紋切り型！）博士たちが建物から出入りする姿を目にすることはなかった。

夜が更けて闇と雨音の奥に沈む建物を意識すると、水中を落下していく物が底に着いて細かい砂をゆっくりと煙さながら舞い上げるように、胸のうちに不穏なものがじわじわと広がっていった。研究の名のもとに非人道的な行為があのコンクリートの箱のなかでくり返されているのではないか。拷問や人体実験といった文学や映画や報道でしか知らない言葉、イメージが頭をよぎらないでもない。

しかし初めてその建物に気づいた瞬間に念頭に浮かんだのは、小学校の鍛錬遠足の目的地となっていた砲台跡だった。

海沿いの集落からつづら折りの細い道を小一時間ほど登ると、岬をかたちづくる山の頂上に着く。そこにそのコンクリートの構造物はあった。そういえば、この遠足は「砲台遠足」と呼ばれていた。

とはいえ大砲らしきものはどこにもなかった。草で覆われた隆起の上に、地面になかば埋もれるようにして厚いコンクリートの壁が見えた。風雨にさらされ、さわるとザラザラし、下のあたりが黒っぽいカビに覆われていた。その黒いカビを指さして、大砲をたくさん撃ったから火薬の煤《すす》がこんなについているんだと、世紀の大発見でもしたかのように、ほかの子らではなく校長先生に向かって得意げに語っていた児童がほかならぬ僕だった。

記憶のなかでは、いつもグレーの背広を着てサーモントの眼鏡をかけ、近づくと煙草のにおいがしていた校長先生は、思春期に戦争を体験していたにちがいないのだが、僕の愚かな発言を訂正することもなく、閉じた口元（校長先生は枯葉色のわら半紙のプリントを配るときにいちいち指の腹を舐めた）にやさしい笑みを浮かべて頷きながら、そうかそうか、おまえはそう思うのか、と言った。

どうしてこんなところに砲台があるの、と尋ねたのを覚えている。

この山の下にある僕たちの暮らす小さな入江沿いの集落が、攻撃の対象になるなんてとても思えなかったからだ。

砲台のある山頂から見て南側には何にも遮られることなく太平洋が広がっていた。海軍の基地があってな、それを防衛する目的でここに砲台を作ったんじゃ、と言って、校長先生は北のほう、山々の連なる向こうにあって僕たちが「まち」と呼ぶ城下町のほうを指さした。

そのときは知らなかったし、いつ誰に聞いたのかも思い出せないのだが、校長先生はお兄さんのひとりを戦争で亡くしていた。僕たちの砲台は攻撃されることはなかったが、海軍基地は空襲を受け、城下町には多数の死者が出た。校長先生のお兄さんは犠牲者のひとりだったのだろうか。それとも僕の大叔父のように戦地で命を落としたのだろうか。

夜のあいだに風が強く吹いたのだろう。翌朝、空隙がさらに増えた林に降りそそぐ朝日を浴びて、地面を覆う落葉が輝いていた。鳥たちの鳴き声もふだんより澄んで聞こえた。いや、単に雨音が消えたせいか。

しかし雨はいたずらに降っていたわけではなかったのだ。この雲ひとつない空を見よ。雨によって世界の汚れが洗い流されたかのように、視界に入るすべての事物が生き生きと力強く迫ってきた。

そしてその朝、建物から人が出てくるのをついに見た。世界が清められるのをずっと待っていたのかもしれない。

ひと目でわかった。よその土地から逃げてきた人たちだ。あそこに身を潜めていたのか。あるいは避難所として提供されたのか。

スカーフを巻いて茶色っぽいコートを着た若い女性に、それぞれ赤と黄のジャンパーを着た二人の子供たちがじゃれついていた。母が何かを言い、子供たちが全身で笑った。もちろん遠すぎて何も聞こえない。しかし林を満たすまばゆい黄金の光はあの三人から発せられているにちがいなかった。コンクリートの壁の上で三人の影が踊り溶けあう。

建物のもともとの用途は相変わらずわからない。しかし少なくともそれはいま、かりそめであれ、すみかを奪われた人たちのために建っている。

クリスマスのひみつ

これは母から聞いた話です、と画家は言った。

少女は道を歩いていた。夜になると青や赤や白の光で街路樹を彩る電飾のコードは、午後の光の下だとかえって木々をみすぼらしく見せていた。クリスマスにふさわしく飾られたショーウインドーを見てもそこには何も欲しいものはなかった。いや、少女に欲しいものがなかったわけではない。

口にはしないようにしていた。本当に大切なことは口にするもんじゃないんだよと祖母はいつも言っていた。聞きつけた瞬間に、牛のような角を生やした意地悪な悪魔はそれを奪おうと近づいてくるからだ。

前の年の春に大好きな祖父が死んでしまったのは、自分のせいだろうかと少女は考えた。祖父が病気から回復しつつあったとき、おじいちゃんはきっとよくなるから、と祖母に言ったのだ。浮かない顔が多くなった祖母を励ますためだけではない。本当によくなると信じていたからだ。でも力を込めて大きな声で言ったから悪魔の耳に届いてしまったのだ。

遠くから誰かに呼ばれた気がして、少女は足を止めた。あたりを見回した。厚着をしてマフラーを巻いた人たちがクリスマス色に染まった町を歩いていた。知った顔はなかった。声の出所を探して空を見上げた。

少女の母は画家だった。父も画家だったらしいが、会ったことはない。父の話をしようとすると祖父は急に耳が遠くなったし、祖母のほうは、いまにも決壊して何か黒いものがほとばしり出そうな沈黙の堤となった。

父は生きているのか死んでいるのかわからない。母も同じだった。少女には母の記憶はなかった。外国の大都市で女が画家として生きていくためには、子供を祖父母のもとに預けるほかなかったのだ、と祖母は言った。

いや、そんなことを祖母は一言も言わなかったが、どうしても耐えられないほどのさみしさ、空が落ちてくるような不安に駆られて泣き出した小さな孫娘を祖母が何も言わず（本当に大切なことは口にしてはいけない）抱きしめるということは、そういうことなのだと孫娘はいずれ理解するだろう。

おまえがかわいくないはずがない。お母さんはおまえを誰よりも愛しているんだよ。本当に大切なことは口にするもんじゃないと言っていたくせに、祖母はときおりこらえ切れずに抜けた歯のあいだから真実を漏らし、少女はおばあちゃんより自分を愛している者がこの世界にいるのだろうかと訝しんだ。

母は画家だというが、少女がいまは祖母と二人きりで暮らす小さな家には、絵など一枚も飾られていなかった。そのことを遊びにきた仲良しのクラスメイトの少年に指摘されたとき、少女は驚いた。でも祖母には尋ねなかった。

その代わりに少女は町の中心部にある公立図書館に行き、美術書を眺めた。どの本も大きくて重かった。母子像が現われると胸が苦しくなった。心の奥底にある自分でも知りたくないことが見透かされるような気がして、逃げるように急いでページをめくった。

きみはクリスマスプレゼントには何が欲しいの、と訊ねてきたのも、その仲良しの少年だった。大きすぎてよくずり落ちてくる眼鏡をかけた少年にも父はいなかったが、母は看護師で、少女の母の幼なじみだった。少年の祖父と少女の亡くなった祖父は、かつて同じ小さな鉄工所で働いていた。小さな町ではみなに何かしらのつながりがあった。

とっさに少女は訊き返した。

あなたは?

少年はしばらく何も言わなかった。そしてレンズが厚いせいで小さく見える目を輝かせて言った。

ひみつ。

じゃあ、わたしもひみつ。

道を歩きながら、少女はそのときのことを思い出していた。もしも少年がひみつを打ち明けてくれていたら、自分も少年に対してそうしただろうか。

答えはわかっているのに、少女は空を見上げた。

画家はそこで黙り込んだ。どこか遠くを見つめるまなざしになっていた。

僕は口を開いた。

あなたはまさにそんな絵を描いていませんでしたっけ？

七十代後半の画家の背後で暖炉の火がちらちらと揺れていた。コーヒーテーブルの上に置かれた画集のひとつに手を伸ばし、僕はその絵を探した。

ところが見つからない。いや、絵はあったが、記憶にあるものとまったく違っていた。少女はいた。しかし空を見上げてなどいない。こちらをまっすぐ見つめている。

そのせいで僕はためらい、結局訊けなかったのだと思う。本当は見つけた絵を彼女に示しながら、こう言いたかったのだ。

お母様から聞いた話だとおっしゃっていましたね。僕は思うのですが、その少女の母親があなたなんでしょう？

穏やかなまなざしで僕を見つめる画家の背後、暖炉の上には写真立てがいくつも飾られていた。そのうちの一枚では、深いまなざしをした少女と、いま僕の前にいる画家と同じくらい年老いた、でももっと素朴な感じの女性が身を寄せあって立っていた。少女は肩に乗せられた大きな手に自分の手を重ねていた。背景には南国の島の景色があった。

僕たちのいる暖かい居間の窓の向こうでは雪がひらひら舞い降りている。画家からは、その晩娘とその子供たちがクリスマス休暇を過ごしに来ると聞いていた。あなたもご一緒に夕食をいかがですか、と誘われたが、家族の団らんを邪魔するつもりはなかった。

かかってきた電話を切る際に、「気をつけて運転するのよ」と母が娘に言う。その声がなぜか耳について離れない。

森の人々

ポキリと木の枝が折れる音が響いた。ドキッとして振り返り、懐中電灯の光を向ける。木々のあいだに白い光が走った気がした。

前を向くと、おじいさんの背中が見えない。懐中電灯をあちこちに向けて探す。五メートルほど前でおじいさんは立ち止まっていた。

焦る必要はないとわかっているのに、それでも早足になっていた。前の晩に雨が降ったせいで滑りやすくなった地面に足を取られて、つんのめる。

年齢の割には健脚に感じられるおじいさんは、胸板は厚く姿勢もよかったが、やっぱりおじいさんだった。さっと体を寄せて、手を差し伸べてくれるわけでもなく、僕が地面にダイヴした瞬間、「あ……」とどこか間の抜けた声をたぶん白い吐息にくるんで闇に吐き出した。

おじいさんの名前はわからなかった。失礼な話だが、耳慣れぬ異郷の響きの名は、聞いて五秒も経たないうちに忘れていた。一度か二度訊き直したかもしれない。だが覚えられなかった。

それに必要なら、「あの」とか「えーと」とか呼びかければよい。意味がわからなくても注意をこちらに向けてくれるだろう。そもそも僕が声を発しなくても、山道を歩きながらたびたび振り返ってこちらの様子を見てくれた。

まだですか？　立ち上がって服についた枯れ葉と土を払ったあと尋ねると、もう少し、とやはり訛りのきつい声が戻ってくる。おじいさんもよそから来た人なのだ。ニット帽からはみ出した髪は口から漏れる吐息と同じく白かった。

そのころ僕はある作品を翻訳したいと考えていた。小説なのかエッセイなのか判別がつかない不思議な作品だった。おじいさんはその作者が晩年に過ごした山荘の管理をしていた。

作者その人とおぼしき語り手の「私」は、遠い異国の深い森に暮らす人々のもとを訪れる。この先住の人々は近代的な生活と完全に隔絶したわけではなく、一年の半分は半島の先の軍港のある町で生活し、残りの半分は十数時間車を走らせたところから始まる巨大な森に戻って暮らした。先祖たちがそうしてきたように、鹿や兎を狩り、木の実やキノコを採集し、木々や川や岩場に宿る神々に祈りを捧げて聖なるものと交流した。

語り手の「私」は、大学時代に私淑していた教授を通じて、その森の人々のことを知り、長らく関心を持っていた。

戦争中、この森には捕虜収容所が設けられていた。そして脱走者を捕まえる役割を担わされたのが、森に暮らす人々だったのである。報酬は低かった上に、彼ら自身も差別的な扱いを受けていたこともあり（実際、捕虜収容所の原型は、政治犯と森の人々を「矯正」するための施設だった）、森の人々は捕虜たちに対して同情的だった。脱走者をかくまうこともあった。終戦まで彼らのもとで暮らしたひとりがのちに「私」の教授となる若者だった。

若者は帰国して除隊したあと、大学で哲学を学んで研究者となり、倫理哲学の分野で重要な仕事を達成する。そして引退に近いころ、自分を救ってくれた森の人々のことを振り返りながら、「歓待」についての小著を執筆する。

作家となっていた「私」はそこに、自分が学生時代に教授から聞いていた話が詳細に語られているのを発見する。そしてある日、この本を手に現地に赴く。

森の人々を親戚に持つ男性をガイドに雇い、「私」は森を目指す。国境地帯に位置し戦略的に重要な区域であるために、森に入る許可は得られない。純然たる学術的な目的での訪問だと言い張るが、聞き入れられない。幸運にも国境警備隊の兵士がガイドのいとこで、見て見ぬふりをしてくれる。

そこからの展開が意外だった。森の人々は、教授、つまりその脱走兵のことを覚えていないのだ。なにしろ半世紀以上も前のことだ。

古老たちに、背が高く痩せた脱走兵のことを尋ねると、脱走兵はみんなひどく痩せていたよ、

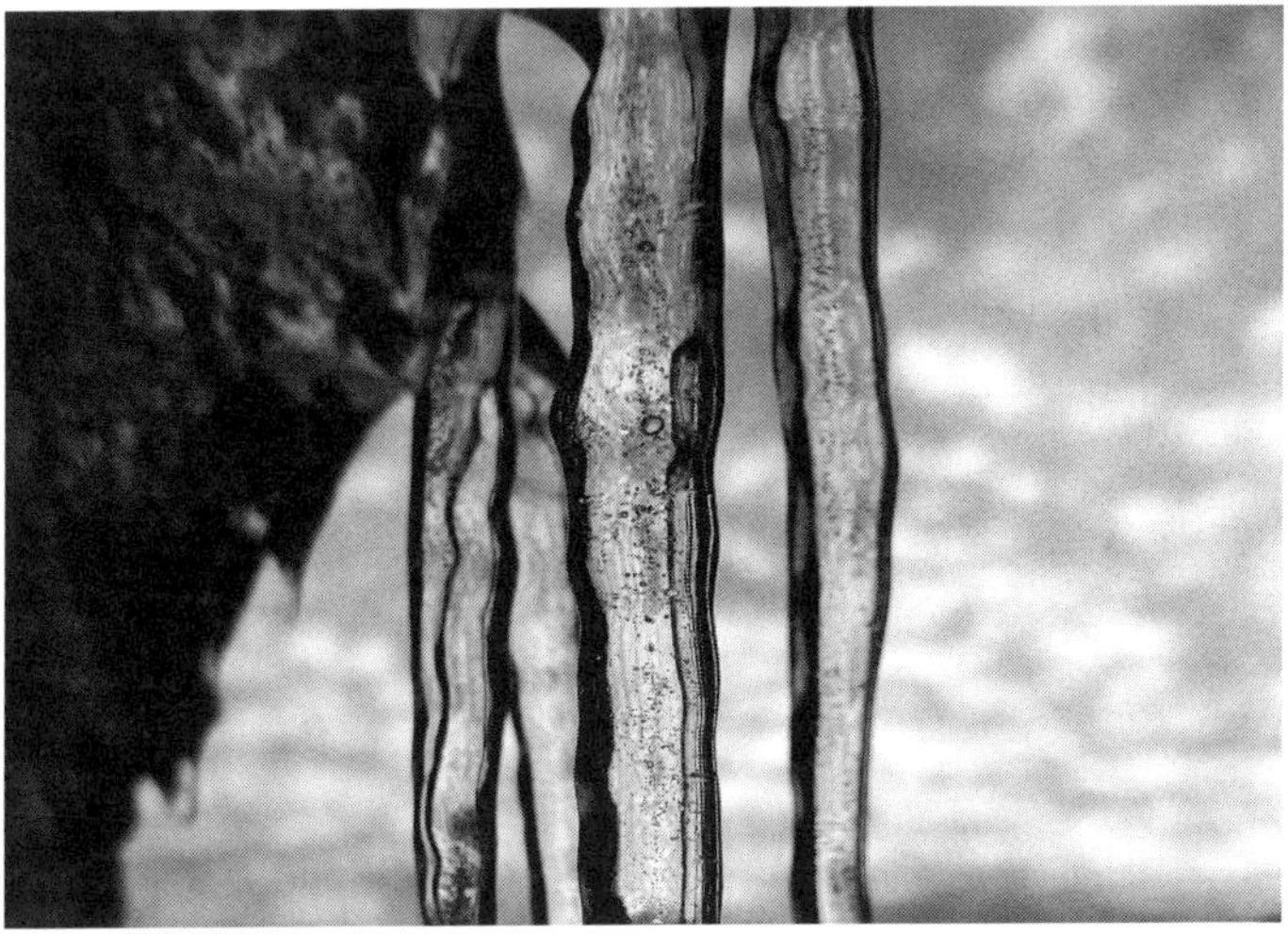

と当時少女だった老婆がガイドを通じて答える。

熊に襲われていたところを助けられた脱走兵です、と「私」は補足する。教授の本のなかでもっとも印象深い場面だ。ガイドの説明を聞く老婆は首を傾げて不可解そうな表情を浮かべる。「私」はさらに熱弁を振るう。ガイドが訳す。そのうち老婆の瞳が輝く。老婆が喋り出す。それは岩と岩のあいだからちょろちょろと湧き出す澄んだ水の筋のようだ。老婆はかなり長く喋ったが、ガイドの返事はあっけないほど簡潔なものだった。

熊もまた神であり、熊にそうやって抱擁されたものは、それ自身も聖なるものとなる。

え？「私」は訊き返す。どういうことなんですか。

そうしたものは人間の世界と神々の世界をつなぐ精霊となる、とガイドは付け加える。結局老婆が教授と出会ったことがあるのかどうかはわからない。彼がかくまわれたのは別の集落なのだろうか。もしかしたらガイドは老婆の言うことを理解できていなかったのではないか。

帰国後、いま僕がおじいさんに案内されて向かう山荘にこもって、森での体験を書き始めた「私」は、ひとつの疑念にとらえられる。あのガイドは何もかも理解した上で、森の人々の言葉を不正確に伝えた、つまり「私」に嘘をついていたのではないか。

どうしてそんなことをしたのだと思いますか。

闇はいつしか薄明かりに変わっている。木々のあいだから斜めに差してくる朝日を背中に浴びて、たしかな足取りで進んでいくおじいさんに問いかけたらどうだろう。

たぶん答えはない。穏やかなまなざしで見返されるだけだろう。異郷の訛りの強い僕の問いは伝わらない。あるいは、伝わったとしてもおじいさんは理解できないふりをする。

逃げなさい

突然、道の脇から人が現われた。両腕を広げて自転車の前に立ちはだかった。おばあさんだった。

急ブレーキをかけてハンドルを切った。彼女が飛び出してきた側とは反対側の草むらに半ば突っ込んでいた。おばあさんは叫んでいた。恐ろしい形相だった。

ここから先に行っては駄目！

おばあさんは背後に広がる草原を何度も指さした。

あっちには危ない人たちがいるのよ！　見つかる前に逃げて！

そこまで話すと作家は黙り込み、ちらっと僕のほうを見てから窓の外を眺めた。

茶色い野原が広がっていた。ところどころ溶けた雪が残っていた。

作家の家は小さな村のはずれにあった。最寄りの駅から車で約二時間かかった。起伏のない土地で野原や畑のあいだを道がまっすぐ延びていた。夏にはカラフルなウエアを着たサイクリストたちがたくさん訪れる、と自宅へ車を走らせながら作家は教えてくれた。

季節のせいかサイクリストはひとりも見かけなかった。

ある文芸フェスティバルで作家と知り合いになったのは十年近く前なので、彼はもう八十近いはずだ。サイクリングが好きだとは聞いていたが、まだ乗っているのかと驚いた。

寒々しい曇天の下、作家の小さな家が見えた。周囲に何もないだけにその明かりが暖かく感じられた。中に入るとおいしそうな料理の匂いが立ちこめていた。台所から男の子の声とそれに応える女の声がした。

娘と孫です、と作家に紹介された。驚いた。作家はひとり暮らしだと思い込んでいたのだ。娘と孫がいるとは知らなかった。

好きなだけ泊まっていきなさい、と言われてはいたが、お邪魔ではないだろうか。

四人で昼食を食べた。作家の娘の手製のキッシュは見た目は素朴だが絶品だった。やはり彼女が作ったガトー・ショコラはチョコの味が濃厚で、コーヒーとよく合った。片付けは作家と僕が担当した。

その後、暖炉のある居間に移り、作家と僕は話を続けた。背後のテーブルで作家の孫はノートを開いていた。宿題でもしていたのだろうか。しばらくすると母親と一緒に買い物に出かけていった。

ふと思った。男の子の父親はどこにいるのだろうか。家のどこにもその気配は感じられなかった。立ち入ったことを聞くのは憚《はばか》られた。

肘掛け椅子にもたれて外を眺めていた作家はちらっと僕を見て言った。

こんな天気ではねえ……。春になったらまた来てください。みんなでサイクリングしましょう。

それまで元気でいてくださいよ、とは言わなかった。なんだか失礼な気がしたのだ。

お孫さんも自転車に乗るんですか?

もちろん。あいつはけっこう速いんですよ。

おじいさんと同じ自転車好きの血が流れているんですね。

たぶん僕はそういう意味のことを言った。血とか血筋に当たる単語を使ったと思う。

いや、あの子とは血はつながっていないんです、と作家は言った。だから血は関係ない。

僕たちはしばらく黙って外を眺めていた。遠くで木立の裸の枝が踊るように揺れていた。

暖炉の炎がパチパチと鳴っていた。

横を見ると作家は眠っていた。

彼を居間に残して、滞在中に使うよう言われた部屋に戻った。

僕もそのまま寝たかったが仕事があった。リュックからパソコンを取り出して机に向かった。

あまり集中できなかった。

部屋には小さな書棚があった。作家の作品の外国語訳が置かれてあったので英訳の一冊を抜き取って机に戻り、パラパラとめくっていた……。

ガタンと音がした。

はっとして顔を上げた。一瞬、自分がどこにいるのかわからなかった。本が床に落ちていた。

ドアのところに立っていた男の子と目が合った。

やあ。口元をぬぐいながら僕は男の子に言った。もう買い物から帰ってきたの？

男の子は頷いた。

どうしたの？　僕はいびきでもかいてたかな？

男の子は笑わなかった。

おじさん、さっきおばあちゃんの話をしてたよね？

ん？　おばあちゃん？　ああ、あの、サイクリングしていたおじいちゃんの前に立ちはだかったおばあちゃんのこと？　話を聞いてたんだ？

男の子は頷いた。

僕の理解は合ってる？

彼は首をかしげた。

道に飛び出してきたどこかのおばあちゃんが、きみのおじいちゃんを遮って、逃げなさいって言ったんだよね？　ちがうの？

少しちがう、と男の子は言った。

訊き返す前に男の子はすでに喋り出していた。あれはぼくが言われたことなの。あっちに兵士たちがいるから逃げなさいって。おばあちゃんは手を振り上げて、すごい顔をしてた。怖くなってぼくは逃げたの。自転車を必死にこいで。早くお母さんに言わなくちゃって……。

男の子は泣いていた。思い出したくない恐ろしい光景のただ中に力ずくで連れ戻されたかのようだった。声は濡れた砂のようにボロボロと崩れていった。だから作家の言葉と同様、男の子の言葉を僕がちゃんと理解できていたかどうかは怪しい。

息子のしゃくり上げる声に駆けつけてきた母はしゃがみ込んで、わが子を強く抱きしめた。目元を袖で覆う息子の肩は震えていた。それから母は僕のほうを向いて首を振った。僕ではなく窓の外に広がる何もない野原を見ていた。何かが僕を通して二人に危害を加えようとしているかのようだった。母のまなざしには懇願があった。許して。見逃して。

さようなら

大切な人だとはわかっていた。しかし誰なのか、何を話しているのかまったくわからなかった。

そうKさんが言ったとノートには書かれてあった。文のうしろに近づくほど、考えるのを放棄するかのように雑になる筆跡は紛れもなく僕のものだった。

その黄緑の表紙のついたポケットサイズのノートのことはずっと忘れていた。

かつてインタビューした俳優からもらった本を見つけようと、あれこれ本を引っ張り出していると、そのノートが落ちてきたのだ。

俳優は「大女優」という形容がふさわしい人だった。五〇年代から活躍し、映画史に残る作品に出演し、巨匠とか奇才とか呼ばれる監督たちと仕事をしていた。晩年に出演した映画で、やはり世界的に知られた詩人を演じた。

インタビューの場所として指定されたのは俳優の自宅アパルトマンだった。ドアベルを鳴らすと、小柄な俳優本人が出てきて驚いた。

通されたこぢんまりした居間は、観葉植物の鉢植えと本棚に囲まれていた。ガラス壁の向こうのテラスにも、温室と見まがうほど緑が溢れていた。

映画での役作りのためにどんなことをしたのか尋ねると、彼女は立ち上がり、本棚から一冊抜き取って見せてくれた。とりわけ自伝的要素が強いとされる詩人の作品だった。

その本をしげしげと眺めていると、「ご興味がありますか？」と俳優が尋ねた。はいと答えると、「差し上げますよ」と言われ、えっ、と驚いた。いいんですか、と訊くと、「もちろん」とにっこりと笑った。じゃあサインもいただいていいですか、とお願いすると、「わたしの書いた本じゃないのに？」と言う。もちろん、お願いします、と答えると、ていねいに自分の名前を書き、下に数字の列を書き入れた。

「電話番号です。もしも確認したいことが出てきたら遠慮なく連絡してください」

こちらが頼りないインタビュアーだと感じてのことだろうが、どこのものとも知れぬ僕に電話番号を渡すなんて……。

その話はいろんな人にしたのだが、歳月が過ぎていくうちに、ふと心配になった。電話番号までもらって感動したというこの逸話は、僕が自分に都合よくでっち上げたものなのではないか。それで詩集を確認しようとしたのだが、何度探しても見つからない。そもそも詩集などもらっていないのではないか。不安は募るばかりだった。

しかしついにその詩集を見つけたわけだ。そしてそれはKさんの記憶まで連れてきてくれた。

実は、この詩集を探すきっかけもインタビューだった。アフリカ系移民の子供たちを主人公とする映画を撮った監督に話を聞く機会があった。主人公の少女が入国管理審査官から質問を受ける場面がある。彼女の説明は信じてもらえず、滞在許可証は与えられない。密航業者には脅され、アフリカの家族には送金をしなければならない。苛酷な運命だ。

それはKさんの身に起きたことを思い出させた。Kさんの難民申請は何度も却下された。着の身着のままで内戦を逃れて来たといくら説明しても、証拠がないと審査官に信じてもらえなかった。当時僕がお世話になっていた夫妻はずっとKさんを支援していた。

老俳優にインタビューをしたのは、Kさんの何度目かの申請が却下されたころだった。夫妻のもとにKさんがその結果を告げに来たとき、僕もそばにいた。Kさんの凍りついた表情、うつろなまなざしは忘れられない。

それから数日後のことだと思う。夫妻の家では朝から公共ラジオ放送を聞いていたが、そこから老俳優の声が聞こえてきたのだ。不法とされる移民の取り締まりが強化され、滞在許可証を持たない親を子から引き離して本国に強制送還するようなことすら起きていた。恥ずべき蛮行に対する抗議の声をあげたひとりが彼女だった。彼女は政府の対応を批判する手紙を読み上げていた。

ラジオから聞こえてくる低くかすれた声に耳を傾けながら、僕たちはKさんのことを思った。

映画を観たときも、監督の話に耳を傾けていたときも、僕の脳裏にはKさんの暗い影があった。この映画に強く惹かれる個人的な動機を伝えたくて、Kさんとの出会いについて監督に語った。

この映画はドキュメンタリーとして撮ってもおかしくない主題を扱っている。でもなぜフィクションなのか、と尋ねた。それは僕にとっては、なぜフィクションを書くのかという問いと重なる。

監督はきっぱりと答えた。フィクションでなければできないことがある。目の前で誰かが辱められているとき、それを撮ることはできない。あなたにできるのは即座にカメラを置いて、その状況を止めることだ、と。

インタビューが終わったあと、別れ際に、Kさんはどうなったのと訊かれた。

亡くなりました。

僕よりも五つ年下のKさんは、彼を受け入れてくれなかった遠い異郷でこの世を去った。僕の兄が脳腫瘍で逝った半年後、老俳優が亡くなる二年前のことだ。

ノートに書き記したKさんの言葉を何度も見返す。いまは何も思い出せない。彼は本当にそんなことを言ったのだろうか。苦しいことしかなかった人生だとは信じたくない。はにかんだような笑顔も思い出せる。でもまず浮かぶのは、親からはぐれた幼子を思わせるあの不安げなまなざしなのだ。

老俳優にもらった詩集にはサインの下にちゃんと電話番号があった。それもふたつも。携帯と自宅の番号。いくつもの頁に折り目があった。そのうちのひとつを開くと、「破壊された」「踏み潰された」という意味の単語に紫のインクで線が引かれてあった。

初出「毎日新聞」（西部版）二〇一九年十一月〜二〇二三年二月。
なお、単行本化にあたり、加筆・修正しています。

小野正嗣（おのまさつぐ）
一九七〇年、大分県生まれ。東京大学教養学部卒業。同大学院総合文化研究科を経て、パリ第八大学で博士号取得。早稲田大学文化構想学部教授。二〇〇一年、「水に埋もれる墓」で朝日新人文学賞受賞。二〇〇二年、「にぎやかな湾に背負われた船」で三島由紀夫賞受賞。二〇一五年、「九年前の祈り」で芥川龍之介賞受賞。近著に『踏み跡にたたずんで』『歓待する文学』など。

Artwork: Peter Doig
Man Dressed as Bat

Photos: Kazunari Adachi

Book Design: Gaspard Lenski

あわいに開《ひら》かれて

印刷　2023年7月20日
発行　2023年8月1日

著者　小野正嗣《おのまさつぐ》

発行人　小島明日奈
発行所　毎日新聞出版
〒102-0074　東京都千代田区九段南1-6-17 千代田会館5階
営業本部　03 (6265) 6941
図書編集部　03 (6265) 6745

印刷・製本　光邦

ISBN978-4-620-10867-4